꿈이 영그는 교정
03

풍선속의 종이학

꿈이 영그는 교정
03

풍선속의 종이학

최균희 청소년 장편소설

신아출판사

■ 차례

1. 가장 소중한 것 ………………………………… 7

2. 비밀을 지키는 일 ……………………………… 18

3. 연합고사 보는 날 ……………………………… 29

4. 그리운 사람끼리 ………………………………… 39

5. 화이트 크리스마스 ……………………………… 49

6. 보육원을 찾아서 ………………………………… 64

7. 신춘문예 당선 …………………………………… 72

8. 반가운 까치소리 ………………………………… 82

9. 아낌없는 박수 …………………………………… 92

10. 춥지 않은 겨울 ………………………………… 105

11. 현대판 심청이 ············ 117

12. 풍선 속의 종이학 ············ 130

13. 더 고운 빛으로 ············ 146

14. 신입생과 꽃샘바람 ············ 162

15. 봄이 오는 골목 ············ 174

16. 열려 있는 새장 ············ 187

17. 네 꿈을 펼쳐라 ············ 201

1. 가장 소중한 것

 오후에는 더욱 더 다채로운 프로그램으로 열기가 무르익었다. 보이 스카우트 남학생들과 걸 스카우트 여학생들의 포크 댄스는 아이들의 부러움을 무더기로 받았고, 2학년 여학생들의 소고 놀이는 운동장을 화려하게 수놓았다. 학교의 자랑인 태권도 시범과 남학생들의 기마전 또한 늠름한 기상을 한껏 발휘하였으며 그토록 요란스럽게 연습을 했던 3학년 여학생들의 에어로빅은 모든 관중들의 흥을 돋우었다. 한 반씩 한 반씩 멋진 포즈로 끝을 맺을 때마다 우레와 같은 박수갈채가 터져 나와 등수를 가릴 수 없을 만큼 각반의 실력이 막상막하였다.
 또 하나 빼놓을 수 없는 종목은 가장 행렬이었으니 그 차림차림하며 행동들이 웃음을 자아내다 못해 폭소를 터뜨리게 하여 학교 교정 가득 즐거움이 넘쳐흘렀다. 가을 날씨답게 화창하면서도 제법 쌀쌀한 기운이 맴도는 운동장에 가장 행렬을 하는 대원들은 꼬리에 꼬리를 물고 나와 구경꾼들을 한바탕씩 웃긴 뒤 들어가곤 했다. 3학년 9반 팻말을 들고 앞장 선 민수 뒤로 '여성들의 뉴 패션'이란 플랜카드와 함께 등치 큰 남학생들이 여성 모델로 가장하여 춘하추동복을 선보인 것도 인기가 높았다. 여름 복장을 한 남학생은 아예 겉옷은 홀랑 벗어버리고 수건만 두른 채 앞가슴에 커다란 풍선을 불어 넣어 품고 다니면서 엄마들의 굽 높은 구두라도 빌려 신었는지 뒤뚱거리며 걷는 모습이란 여간 우스운 게 아니었다. 귀고리 한쪽이 달아난 아이, 중간에 가발이 벗겨져서 당황하는 아이 등 계획에도 없는 웃음거리들이 생겨나 더욱 관중들을 재미나게 했다. 세계의 민속 의상과 민속춤을 선보인 3학년 5반은 40개 학급에서 당당히 일등을 했으니 더 이상 말할 필요가 없었다.

다만 캉캉춤을 추기로 한 미진이가 떡을 팔러 온 엄마 때문에 자존심이 상하여 집으로 돌아가 버린 것이 조금은 아쉬움으로 남았지만. 홀수반 청군과 짝수반 백군 양 팀이 시소게임으로 점수가 오르내릴 때마다 아이들은 점수판을 바라보며 목청껏 응원을 하고 응원가를 불러댔다. 응원석에서 남학생들의 앞자리에 앉게 된 여학생들은 시종일관 들려오는 농담 소리와 함께 따가운 시선을 등 뒤로 느끼며 질세라 큰 소리로 떠들고 웃으며 즐거운 하루를 보냈다.

해가 뉘엿뉘엿 서산으로 기울 무렵 스피커에서는 방송부원 아이의 낭랑한 목소리가 울려 퍼졌다.

"들국화 향내 그윽한 이 가을에 우리들의 축제는 정말 뜻있고 보람되었습니다. 푸른 하늘을 향하여 목청껏 불러댄 우리들의 노래와 넓은 세상을 향하여 마음껏 달려본 우리들의 기상은 오랫동안 교정 안 구석구석에 살아 숨쉬리라 믿으며 이제 그 막을 서서히 내릴까 합니다."

"학교생활이 매일 오늘 같기만 하다면 스트레스 같은 건 쌓이지 않겠지?"

"물론이지. 우린 역시 갇혀 있는 생활보다는 날고뛰고 달리는 걸 더 좋아하니까. 그 누가 우리의 자유를 빼앗으려 하나이까. 우린 어른들의 꼭두각시가 아닙니다."

"얘, 조용히 해. 뒤에 선생님이 오시잖아."

양팔을 높이 들어 만세까지 부르면서 소리치는 현희를 나래가 흔들어 말렸다.

"그래, 현희 말대로 너희들의 자유를 누가 빼앗으려 하겠니? 이놈들아, 진짜 자유를 빼앗겼을 때 우리는 얼마나 처절한 생활을 했었는지 겪어보지 않은 사람은 모르지."

"히익, 선생님은 또 일제 강점기 이야길 하시려고요? 우리들은 초등학교 때부터 지금까지 귀가 따갑게 들어왔는데요. 솔직히 그런 이야기가 나오면 우리들을 훈계하기 위한 노래 가사의 일절 같다니까요."

"녀석들도, 그렇다면 다음에 시간을 잡아서 더 강하게 훈계를 해야겠구나. 곧장 집으로 가렴. 길에서 배회하지 말고."

"네 선생님, 안녕히 가세요."

사회 선생님의 말대로라면 바로 집으로 가야할 테지만 아이들은 피곤하지도 않는지 발길을 돌려 버스 정류장으로 갔다.
"두 정거장만 가면 되겠지? 우리가 오늘을 얼마나 기다렸는지 너는 모르지?"
여자아이들은 버스 안으로 나래를 밀어 올리며 왁자지껄 떠들면서 자기들도 올라탔다. 나래가 외고에 합격된 것에 대한 한턱 빼앗아 먹기로 작정한 날이기 때문이다.
"넌 운도 억세게 좋은 아이란 말이다. 남학생들이야 한 반에 한 명 꼴로 합격되었다하지만 여학생 반에서는 유일하게 너 한명만 골인한 것 아니냐?"
함께 시험을 보았던 정숙도 한솔의 말을 받으며 덧붙이고 나섰다.
"아, 글쎄 여러 번 이야기 했지만 국.영.수 시험지에는 생전 처음 보는 문제가 수두룩했었다고. 그런데 학원 한군데도 안 다닌 애가 예상대로이지만 찰싹 붙은 반면에 나나 화연이나 죽어라고 학원엘 쫓아다녔던 친구들은 보기 좋게 떨어졌으니. 우리네 부모들이 가엾지. 오늘 나래 엄마의 표정 못 봤지? 싱글벙글 얼마나 기분 좋은 내색을 하시는지."
"애 좀 봐, 어른을 놓고 무슨 말을."
나래가 눈을 흘기며 정숙의 팔을 꼭 꼬집었다.
"어쨌든 나래 엄마에게 내가 한 턱 내셔야 한다고 조르지 않았더라면 너희들은 기껏해야 햄버거 하나씩으로 끝날 뻔했다는 사실 명심하라고."
"그래, 마정숙 너 잘 났다고."
종점에서 탄 버스라서 손님들이 별로 없기에 다행이지 유난히도 시끄러운 여학생들의 수다는 어느 곳을 가나 그칠 새가 없었다.

"말이 나왔으니 해도 상관없겠지? 정숙인 그렇다 하더라도 화연이 같이 공부 잘하는 우등생이 어째서 외고 시험에서 떨어졌을까?"

예은이 도저히 못 믿겠다는 말투로 나래와 정숙을 번갈아 보며 물었다.

"야, 너 본인을 앞에 놓고 어디 기죽일 일이라도 있는 거냐? 정숙인 그렇다니?"

정숙이 뾰로통해진 입 모양을 하고 대어들자 아이들은 모두 깔깔대고 웃었다.

"넌 성격이 원만하잖아, 내가 그런 말을 했다고 해서 오해할 아이가 아니니까."

"병 주고 약 주고, 그래. 하고 싶은 말 마음대로 해봐라."

정숙은 심통이 난 건지 농담을 하는 건지 분간이 안가는 무표정한 얼굴로 아이들을 웃겼다.

"빨리 내려, 저기가 새로 생긴 레스토랑이야. 우리 오빠가 말했던."

정숙이 앞장서서 들어간 경양식 집안에는 매우 넓은 공간과 잘 어울리게 키가 큰 열대 식물들이 싱싱한 이파리를 너울거리며 즐비하게 늘어서 있고, 가운데 무대에서는 마이크를 잡은 예쁜 아가씨가 피아노 반주에 맞추어 고운 목소리로 아름다운 가곡을 부르고 있었다.

"히야, 분위기 끝내준다. 이런 곳에는 난생 처음인걸!"

빨간 나비넥타이를 맨 종업원의 안내로 한쪽 구석자리에 모여 앉은 여자애들은 실내를 두리번거리며 목소리를 낮추고 떠들어댔다.

"여기 음식 비싸지 않겠니? 돈이 모자라면 어쩐다지?"

나래는 어머니가 준 돈은 호주머니에서 꺼내 놓으며 아이들의 머리수를 헤아렸다.

"비싸봤자 얼마나 비싸겠니? 걱정하지 말고 시키기부터 하자."

정숙은 메뉴판을 이리저리로 넘기면서 히죽히죽 웃어대기까지 하는 것이었다.

"나래야, 돈가스도 5,000원은 넘는데? 우리가 모두 여섯 명이니까 충분하겠지?"

"응, 그 정도라면 괜찮아."

나래가 안도의 숨을 길게 내쉬기 바쁘게 정숙은 종업원에게 말했다.

"여기 케이크 하나 큰 걸로 가져 오시고 촛불은 이팔청춘입니다. 집 나이로 하지 뭘, 참 샴페인도 한 병 가져 오시겠어요?"

"얘들아, 정숙이가 왜 저러니? 좀 말려라."

나래는 얼굴이 빨개지며 아이들을 둘러보았다.

"우리야, 많이 먹으면 좋지 뭐. 역시 마정숙의 의리는 끝내준다. 친구의 합격을 진심으로 축하해 주고."

다른 아이들도 하나같이 나래의 속타는 마음을 헤아리지 못했다.

"이럴 줄 알았으면 집으로 초대하는 건데."

"자, 어서 촛불에 불을 붙이자. 아저씨, 우리 코너에는 불을 꺼 주세요. 생일 축하노래는 안 불러 주실 거예요? 또 팡파르도 울려 주시고요."

"네, 알았습니다. 잠깐만 기다리세요."

"너희들 오늘이 누구의 생일이라고 이러니?"

"너야, 강나래! 일 년에 생일잔치를 꼭 한번만 하라는 법이 어디 있니? 필요하면 하는 거지. 가만히 있어라. 이곳에서는 샴페인도 공짜고 생일을 맞은 사람에게는 장미꽃도 한 다발 선물로 준다더라."

현희는 교내의 정보 이상으로 바깥일도 아는 게 많았다.

"자, 오늘 생일을 맞는 이를 위해 우리 모두 건배합시다!"

마이크를 잡은 사회자는 모여든 사람들에게까지 나래의 가짜 생일을 축하해 주라는 듯이 소리 높여 외쳤다. 그런데 이게 웬 일인가? 무대 위에서 '축하합니다. 당신의 합격을 축하합니다!'라고 노래를 부르는 이는 다름 아닌 나래의 언니, 나영이 아닌가.

"어머나, 언니!"

나래가 어안이 벙벙하여 입을 벌린 채 무대 쪽을 바라보고 있을 때였다.

"강나래, 축하한다!"

더욱 놀라지 않을 수 없었다. 옆 코너에서 이쪽으로 자리를 옮겨오는 사람들이 있었으니 권영일 선생님과 우람이였다.

"어떻게 여기서 만나죠?"

나래만 몰랐다. 도대체 정숙이, 우람 오빠는 그렇다 하더라도 권 선생님과 나영 언니까지 끌어들이느라 얼마나 고심했을까. 많은 사람들의 박수를 받고 내려오는 언니의 얼굴이 보름달처럼 환했다. 나래는 또 오늘의 주인공은 자신이 아니라 나영 언니 같은 착각으로 잠시 동안 눈을 감았다 떴다.

"언제부터 이런 모의를 한 거야. 어쨌든 고마워. 선생님, 언니, 그리고 우람이 오빠 정말 감사합니다."

나래는 진심으로 고마운 마음을 어떻게 전해야할 지 몰라 자리에서 일어나 고개만 까딱하고 금방 앉아 버렸다.
"자, 실컷 먹으렴. 오늘의 경비는 내가 다 대어줄 테니 나래는 안심하고."
권 선생님은 나래의 애타는 마음을 처음부터 모두 지켜본 것처럼 빙그레 웃으며 그 따스한 손으로 나래의 손을 꼭 잡아주었다.
"바쁘실 텐데 어떻게."
"네 언니와 우람이 말이라면 벌써부터 죽는 시늉까지 해야 하지 않겠니? 이젠 나도 자유로운 시절이 다 지난 것 같구나."
"그럼 선생님은 앞으로 애처가가 될까? 아니면 공처가가 될까? 아니면 경처가가 되실까?"
여자애들이 또 시끌벅적하게 떠들어대는 속에서 나영 언니는 권 선생님을 향하여 밉지 않은 눈 흘김을 보내고 있었다.
"나도 들은 말이지만 얘들아, 이 세상에서 가장 소중한 것이 무엇인지 알고 있니?"
후식으로 나온 과일을 먹으며 권 선생님은 아이들에게 말했다.
"글쎄요. 자기의 생명이겠지요. 이 세상 모든 것이 내가 살아 있으니까 존재하는 것 아니겠어요?"
확실히 소연은 학생회장답게 똑똑한 데가 있었다.
"그래 좋은 말이야. 궁극적인 목적은 내 생명을 지키기 위한 수단일지 모르겠으나 내가 말하고자 하는 것은."
아이들은 마치 일 년 전 도덕 시간으로 돌아간 듯한 분위기를 느끼며 철학을 전공했다는 권 선생님의 입에서 무슨 말이 나올는지 기대를 해보는 것이었다.

"설마 돈은 아니겠지요?"

권 선생님이 뜸을 들이는 사이에 예은이 불쑥 한 마디를 했다. 그 바람에 잠잠해지려던 분위기가 다시 흔들렸다. 앞 무대에서는 계속 생음악이 흘러나오고 있었다.

"난 소중한 것을 부모로 꼽겠어. 우리 엄마 아빠 말이야."

"과연 효녀는 다르구나."

나래의 말에 현희도 한 마디 했다.

"이 세상에서 가장 소중한건 사랑 아니니? 요즈음에 사랑이란 낱말을 빼놓으면 성립되는 게 뭐가 있겠니?"

"야, 한현희 근사하다."

아이들은 박수를 치면서 권 선생님과 나래 언니를 번갈아 보았다.

"얘들아, 전에 최경진 선생님은 우리에게 세상에서 가장 무서운 것이 무엇이냐고 물었었지? 누가 봐도 사제지간이 아니라 할까 봐 질문도 너무 닮았다. 그치?"

"세상에서 가장 무서운 것은 무관심이라고 하셨어. 창가의 화분도 무관심한 상태로 일주일만 내버려두면 시들어 버린다고 말이야."

"맞아, 그런 것 같다."

정숙이 기억력도 좋다. 아이들이 기억을 더듬고 있는 꼴이 답답하기 짝이 없다는 표정으로 스스로 묻고 대답했다.

한참 동안 떠들어대는 아이들의 모습을 너그럽게 지켜보던 권 선생님이 다시 말을 이었다.

"세상에서 가장 소중한 것 세 가지는 지금 이 시간과 지금 만나고 있는 사람과 지금 내가 하고 있는 일이란다."

"네? 지금이라니요?"

아이들은 곧바로 이해가 안 간다는 표정으로 제각기 그 말을 되뇌어 보았다.

"지금이란 항상 지금인 거야. 마치 오늘이란 낱말이 자고 나면 또 오늘이듯이."

"선생님 쉽게 풀어서 말씀해 주세요. 전 머리가 나빠서."

한솔이 자기의 머리를 가리키며 엄살을 떨었다.

"다시 말하면 아까 너희들이 말한 것처럼 부모님도, 사랑하는 사람도 모두 해당되는 말이지. 지금 이 시간 내가 너희들과 있는 이 시간 말이다. 지금 함께 있는 너희들이 소중하고 지금 내가 너희들에게 이야기하고 있는 이 일이 세상에서 가장 소중하다는 뜻이다. 너희가 집에 가면 집에 있는 그 순간이 중요하고, 부모와 만났으니 부모가 가장 소중하고, 공부를 한다면 공부 그 자체가 가장 소중한 것이 아니겠니? 이제 내 말을 알아듣겠나?"

"네에."

아이들은 모두 고개를 끄덕였다. 우람도 나영 언니도 빙그레 웃으며 아이들처럼 귀 기울여 듣고 있었다. 집에 올 때서야 언니네 대학교 학생들이 그 곳 레스토랑을 빌려 일주일간 장사를 하고 소년. 소녀 가장 돕기 기금을 마련하느라 애쓰고 있다는 걸 나래는 언니로부터 들어 알았다.

"어쩐지 젊은 청년들과 아가씨들이 많다 했지."

나래는 언니와 팔짱을 끼고 오며 또다시 흐뭇해지는 마음을 숨길 수 없었다.

"언니, 내 주변에는 왜 이렇게 고마운 사람들이 많지? 친구들 말처럼 난 억세게 운이 좋은 아이로 태어났나 봐."

"그럼. 우리는 남달리 훌륭한 부모를 모셨고, 난 또 귀엽고 사랑스런 동생이 있으니 나도 얼마나 행복한지 모른단다."

언니가 나래의 어깨에 손을 얹으며 다정하게 말하자 정말 솔직한 심정이냐고 묻고 싶었으나, 나래는 언니의 마음을 흔들어 놓고 싶지 않아 꾹 참았다.

'자기를 낳아 준 친 부모도 아니고 나도 친 동생이 아님을 다 알면서도 저렇게 행복하다는 표현이 가능할까?'

하지만 언니의 성격으로 봐서는 절대로 꾸며낸 말을 하거나 마음에도 없는 말을 하는 일은 없었기 때문에 진실임이 분명하다.

'그래, 권 선생님 말씀대로 언니는 세상에서 가장 소중한 것이 무엇인 줄을 잘 알고 그렇게 소중하게 여기기 때문일 거야.'

현관 앞에서 어머니가 이제들 오느냐고 맞이할 때까지 나래는 저 혼자 공상을 하며 언니가 끄는 대로 따라온 것이다. 모처럼 나래는 언니 방에 들어가 여러 가지 이야기를 나누었다. 언니가 알게 모르게 양로원이나 고아원 등을 찾아다니며 봉사 활동을 하고 있었다는 것도 나래로서는 처음 듣는 말이었다.

"언니, 이번 겨울에는 꼭 나도 데려가 줘야 해! 양로원이든 꽃마을이든 꼭 한번 따라가 보고 싶어."

언니는 나래의 부탁을 들어주겠다며 고개를 끄덕였다.

2. 비밀을 지키는 일

 다음 날은 전날 어지럽혔던 교정 안 구석구석까지 대청소가 실시되었다. 빈 선생님은 조별로 청소 구역을 정해준 뒤 교무실에 잠깐 다녀오겠다며 나갔다. 아이들은 청소는 뒷전으로 미루고 어제 있었던 일들을 화제로 떠들어댔다. 나래는 칠판에 글씨를 썼다. '조용히! 빨리! 깨끗이!' 그런데 나래가 글씨를 써놓고 막 뒤 돌아서려할 때 화연이가 칠판지우개를 들고 와서 글씨들을 싹싹 지워버리는 게 아닌가.
 "왜 그래? 빨리빨리 청소를 마쳐야지."
 나래가 화연일 바라보며 말했다. 화연인 아무 소리도 안하고 창가로 가 섰다. 요즈음 들어 아니 지난번에 공원 안 연못에 빠진 뒤부터 화연은 거의 침묵하며 나날을 보내고 있었다. 실어증은 아닌 듯 했다. 때로는 혼잣말처럼 중얼거리기도 했으나 웃음을 잊어버린 것만은 사실이었다. 특히 이번 외고 시험에서 떨어진 뒤로는 매사에 의욕을 잃고 친구들이 가까이 오는 것마저 싫어하는 눈치였다.

"왜 그러니? 무슨 일이야?"

정숙이 둘 사이를 어느새 알아채고 쫓아온 것이다.

"아무 일도 아니야. 빨리들 시작하자. 선생님이 곧 오실 텐데."

나래가 먼저 빗자루를 들고 교실 앞에서부터 쓸기 시작했다. 그런데 뒤쪽에서는 여자애들이 제기를 차느라 정신이 없었다.

"얘들아, 너희들 뭐하는 거야? 누군 청소하고 누군 제기 차며 놀아야 하겠니? 더욱이 치마를 입고 뭐하는 짓이야?"

정숙이 따끔하게 큰 언니처럼 호통을 치자 제기 차기는 금방 멈추었다.

"그런데 너 너무 건방지다. 아무한테나 큰 소리 치기냐?"

별 일도 아니었는데 예은과 정숙이 마주보며 싸우는 것이었다.

"그만 해 둬, 얘들아, 청소나 하자."

아이들은 두 사람을 말리느라 우왕좌왕하며 시끌벅적 야단들이었다.

"네가 잘났으면 얼마나 잘났기에. 외고 시험에도 떨어진 주제에."

"뭐라고? 그런 모욕적인 언사가 어디 있어?"

더 두고 볼 수만은 없었다. 아이들이 두 사람을 저만치 간격을 두고 떨어지게 하느라 양편으로 몰려 있을 때였다. 별안간 운동장 쪽 창문이 삐걱 열리더니, 그 새 한 마디도 안하고 서있던 화연이가 창틀

위로 올라가서는 게 아닌가.

"얘, 너 왜 그래? 위험해!"

먼저 본 아이들이 놀라며 달려드는 순간 화연인 교실 밖으로 자기 몸을 재빨리 날려 버리는 것이었다.

"큰일 났다. 화연이가 아래로 떨어졌어!"

아이들은 창문 사이사이로 고개를 내밀고 저 아래 교실 앞 화단을 내려다보았다.

"야, 저 감나무 가지가 꺾어졌다. 화연인 보이지 않아."

"3층에서 떨어졌으니 많이 다쳤을 거야."

일부 극성파 아이들은 교실에서 기다리지 못하고 직접 현장을 목격하기 위해 밖으로 뛰어나갔다. 그러나 화연은 운동장에서 놀고 있다가 모여든 아이들에 의해 에워싸여 있었기 때문에 인파를 헤치고 들여다 볼 수가 없었다.

"안 되겠다. 빨리 선생님한테 알리자!"

정숙인 숨을 헐떡이며 교무실로 뛰어가 담임 선생님께 그 사실을 알렸다.

"뭐라고! 실수로 떨어진 게 아니고 스스로 뛰어내렸다고?"

빈 선생님은 크게 놀라며 운동장 화단 쪽으로 달려갔다. 교무실에 있던 선생님들도 깜짝 놀라며 뛰어 나왔다.

"애들아, 비켜라! 양호실로 옮겨요, 빨리빨리!"

달려온 선생님들은 허겁지겁 어찌할 바를 몰라 하며 아이들을 교실로 올려 보냈다. 빈 선생님은 축 늘어져있는 화연일 일으켜 안고 양호실로 갔다. 화연의 얼굴색은 창백하게 핏빛이 가셔 있었고 눈은 꼭 감은 채 이따금씩 신음 소리만 내었다.

"전화연, 괜찮니?"

"허리를 다친 것 같아요. 구급차를 부르는 게 좋겠어요."

양호실 침대에 누워 있는 화연일 지켜보며 빈 선생님이 근심스럽게 묻자 양호 선생님은 큰 병원으로 전화를 걸었다. 양호실까지 따라 들어온 나래와 정숙은 조마조마한 마음으로 숨을 죽이고 있었다. 이윽고 구급차가 도착하고 연락을 받은 화연의 아버지도 양호실로 달려왔다.

"어떻게 된 거냐. 응?, 화연아! 아버질 알아보겠니?"

화연 아버지는 목멘 소리로 말하며 화연을 가만가만 흔들었다.

"아빠! 죄송해요. 걱정을 끼쳐드려서. 제가 안 죽고 살아났나 봐요."

화연의 양 볼에 굵은 눈물 줄기가 주르륵 흘러 내렸다.

"저만하길 천만 다행입니다. 화단 가운데에 있는 감나무 가지에 걸렸다가 떨어졌기 때문에 불행 중 다행으로 숨을 건진 듯합니다."

담임 선생님은 화연 아버지와 이야기하면서 연방 손수건으로 이마의 땀을 씻어냈다.

"죄송합니다. 못난 제 딸아이가 학교를 소란하게 해서. 모두가 저의 불찰입니다.

"나래야, 아까 화연이가 분명히 자기 입으로 말을 한 거지?"

"응."

나래는 가슴이 떨려서 어떠한 말도 할 수가 없었다.

"그 애 여러 가지로 충격이 컸었나 봐. 지난번에 너희들 앞에서 연못에 빠졌다며? 참 화연이 그때도 처음엔 실수로 빠졌지만 나중엔 물

속에서 나오려 하지도 않았다더라. 그랬었니?"

"응, 그런 것 같기도 했어."

"애는 무슨 대답이 그렇게 애매모호 해? 하여튼 오늘은 모두가 정예은 때문이야. 그 말만 안 했어도 화연이가 자살 소동을 벌이진 않았을 거야."

"무슨 말을?"

"점점, 같이 듣고도 몰라? 나더러 외고 시험에도 떨어진 주제라고 말했지 않니?"

"그거야, 너더러 그랬잖아."

"아휴, 나야 속이 있는 듯 없는 듯. 한 쪽 귀로 흘러버리니까 상관이 없지만 화연인 그렇지 않아도 실어증 상태까지 도달한 아이가 그 소릴 직접 옆에서 들었으니 수치감에 모욕을 당한 게 아니겠니?"

"그 말 때문에 창문으로 뛰어내릴 것 까지는 없지 않을까?"

"그건 네 생각이고 어쨌거나 화연이 성격이 많이 변했지?"

"변한 건 아니고, 그 애한테도 말 못할 사연이 있어서일 거야."

"그게 무언데?"

나래는 아무 생각 없이 중얼거린 말을 어떻게 수습해야 할지 몰라 고개를 좌우로 흔들었다.

"너 나에게 숨기는 게 있구나. 화연에게 무슨 비밀이라도 있는 거니?"

나래는 신신 당부하던 여옥을 생각했다. 정숙에게도 말하면 안 된다고 했었는데. 아마도 나래가 오늘 입을 다물면 화연의 비밀은 감추어질지 몰라도 정숙의 오해는 대단할 것이 분명한 것이다.

"비밀은 무슨 비밀? 그저 내 추측일 뿐인데."

"알았어. 앞으로는 너하고 이야기도 안할 거야."

그럴 줄 알았다. 정숙이 화가 몹시 난 듯 토라져서 저 혼자 앞질러 가버렸다.

'그냥 이야기 해줄 걸 그랬나보다. 바보같이.'

나래는 중학교 1학년 때부터 줄곧 그림자처럼 붙어 다니던 제일 다정한 친구 하나를 지금 잃어버리는 게 아닌가 하는 생각에 금방 기분이 우울해짐을 느꼈다.

"야, 강나래, 나랑 같이 갈래?"

남학생의 목소리라서 주춤하며 뒤를 돌아다 본 나래는 발을 멈추고 기다렸다.

"왜 혼자 가는 거야? 마정숙인 어디로 가고?"

고형석이었다.

"참, 너 축하한다. D외고에 합격된 거."

"그래, 너도 축하해. 과기고 합격을."

화연이 들것에 실려 구급차 안으로 들어갈 때에는 교장, 교감 선생님도 나와서 크게 걱정을 해주었다. 형석이 구김살 없이 활짝 웃어주는 바람에 나래의 기분도 약간은 풀어지는 듯 했다.

"오늘 창가에서 떨어진 아이가 지난 번에 내가 업고 간 여학생 맞지?"

"응, 어떻게 알았어?"

"왜, 전교생이 다 알고 있는데, 난 그런 아이는 이해를 못하겠더구나. 어린애가 당돌하게도 그게 무슨 짓이야. 어른들을 놀라게 하고."

"어린애라니? 그 아이 책도 많이 읽고 공부도 전교 등수 안에 들었어. 그런데 외고 시험에 떨어지고, 난 그 아이가 일등으로 합격되길 바라는 마음에서 일부러 맞는 답도 지우고 고쳐냈었는데."

"그랬니? 아 저번에 약수터에서 동현이랑 했던 이야기가 그거였구나."

"이유는 말하지 않았지. 그냥 재미로 그랬다고 했어. 너한테만 말한 거니까 그런 말 함부로 하지 마!"

"하하하! 그러고 보니 너도 귀여운 데가 있는데? 내가 어린애냐? 아무 말이나 하는 그런 가벼운 남자로 보여?"

"남자라고 다 남자는 아니더라. 여자보다도 생각이 얕고 촐랑대는 남학생들도 많던데, 뭘."

"알았다. 내가 뭐라던? 하여튼 친구를 위해서 기꺼이 일등 자리를 내놓을 수 있는 그 용기 본받을 만하다."

"그런데, 너희 부모는 언제쯤 들어오시니? 어디 아프리카 작은 나라의 대사관에 근무한다고 들었는데."

"응, 그 헛소문 말이니? 누군가가 내 자존심을 살려주기 위해서 지어낸 말이야. 난 부모도 없는 고아라고."

"뭐라고? 너는 도대체 어디서 어디까지가 진실이니? 처음엔 체육 특기자로 강원도 두메산골에서 전학 왔다고 했지? 그것도 씨름 선수로."

"그야 내 등치가 씨름 선수 같다고 종종 들어왔으니까."

"야, 진실만 말해 봐!"

"응, 나도 진실은 좋아하지. 영화배우 최진실도 마음에 들고."

"알았어. 계속 농담이나 할 것 같으면 다음에 만나자. 잘 가!"

이번엔 나래가 토라져서 동사무소 옆 길목을 총총걸음으로 걸어갔다.

"야, 모처럼 단둘이 만났는데 우리 저기 큰길가로 가서 낙엽을 밟으며 좀 더 이야기를 하면 안 될까?"

형석이가 나래의 앞으로 뛰어나와 길을 막아섰다. 나래는 싫다고 뿌리치려다가 조금 전에 농담인지 진담인지 알 수는 없지만 고아(?)라는 단어가 마음에 걸려 형석의 뒤를 따랐다. 그러면서 나래는 정숙이도 이렇게 앞을 가로막고 못 가게 할 걸 그랬나 보다고 후회를 했다.

큰 길 도로변에는 플라타너스 마른 잎들이 수북수북 쌓여 있어서 그것들을 밟으며 걷는 기분이 과히 싫진 않았다.

"아까 그 말 농담이었지? 고아라는 거."

"사실이야. 최경진 선생님 알지?"

"아니 네가 어떻게 그 선생님 이름을 알고 있어? 계속 말해 봐."

"야, 세월은 빠르구나. 벌써 올해도 마지막 달에 접어들었으니."

"무슨 풍딴지같은 소리야. 하던 이야기나 계속하지 않고."

"난 최경진 선생님 추천으로 이 학교에 오게 된 거야. 내가 우물 안의 개구리가 될까 봐 세상 넓은 줄을 알게 해 주시려고 서울로 보내신 거라고."

"그럼 최 선생님이 계시던 고향에서 학교를 다녔단 말이니?"

"응, 그랬어. 중학교만."

"그런데 왜 사투리를 전혀 쓰지 않지?"

"국민학교는 서울에서 다녔으니까."

"점점 알다가도 모를 수수께끼로구나. 자세히 이야기 해줄 수는 없는 거야?"

"구체적으로 말하려면 이 추운 거리보다는 저기 찻집이 낫지 않을까?"

"좋아, 들어가자. 내가 커피 한 잔 살게. 누가 본다 해도 괜찮아."

갑자기 나래가 용기를 내어 앞장을 서자 형석인 의아한 표정으로 뒤를 따랐다.

"난 솔직히 우리 부모님 다음으로 최 선생님을 존경하거든. 그런데 네가 그 선생님 추천으로 왔다니 그냥 지나칠 수 없잖아. 하지만 네 말을 어디까지 믿어야 할지 그게 문제다."

"그럼 커피나 따끈따끈한 걸로 시키더라고. 내 이야긴 다음에 듣고."

"다음에 듣다니? '소뿔도 단김에 빼라' 했는데."

"너 한꺼번에 너무 많이 알면 체한다. 오늘은 여기까지가 좋아. 앞으로도 기회는 얼마든지 있을 텐데 뭘."

"어디 약속하고 만날 수는 없지 않아. 오늘같이 만나기가 그리 쉽지는 않지."

나래는 형석에 대한 모든 걸 시원스럽게 다 알아내고 싶었지만 혹시나 마음 다치는 일이 될까 싶어 더이상 캐묻지 않았다.

"이곳 분위기 괜찮은데, 음악 소리도 좋고."

"너도 클래식을 좋아하니? 음악 감상도 즐기는 편이야?"

"일부러 듣진 않아도 흘러나오는 음악은 귀 기울여 듣는 편이지."

"그럼 언제 음악 감상을 같이 가볼까? 아니면 연극 공연을 하는 극장에라도."

"너 혹시 커피 속에 알코올이 들어간 건 아니겠지? 새침데기 아가씨가 별안간 적극적으로 나오니까 경계심이 생기는데."

"누가 너하고 나 단둘이만 가쟀니? 가면 내 친구들이나 네 친구들과 어울려 가는 거지."

"나래 씨, 세상에서 가장 어려운 일. 세 가지를 알고 있나요?"

형석인 손가락 세 개를 펴 보이며 싱글벙글 원래대로 돌아갔다.

"요즘 유행어가 '세상에서 가장' 인가 보다. 얼마 전에 권 선생님이 세상에서 가장 소중한 것이 무어냐고 묻더니만."

"그래, 가장 소중한 게 뭐랬니?"

"아니, 네가 먼저 가장 어려운 것 세 가지가 무언지 아느냐고 물었잖아."

"아, 소중한 것부터 들어보려고."

"음."

나래는 말을 하려다가 입을 꼭 다물어 버렸다. 만일에 권 선생님 말대로라면 지금 이 시간 형석과 대화를 나누는 것이 가장 소중한 일인데 공연히 오해의 소지가 있는 말은 피하는 게 나을 것 같았다.

"응, 난 배움이라고 생각 해. 탈무드에서도 나왔더라만 이 세상의 모든 재물은 다 잃어버려도 내가 배운 지식은 결코 쉽게 잃어버리는 일이 없을 테니까 말이다."

"지식도 젊었을 때 이야기겠지. 나이가 들어 늙어지면 금방 들은 이야기도 뒤돌아서면 잊어버리고 만다더라. 少年易老 學難成, 一寸光陰 不可輕/(소년이로 학난성, 일촌광음 불가경)"

"누가 우등생 아니랄까 봐 문자를 쓰고 있어. 그런데 가장 어려운 것이 뭐야?"

"응, 카네기의 《처세술》이라는 책에서 보았는데."

"어머나, 네가 벌써 그런 책을 읽어?"

"그게 어때서? 난 공부하다 지치면 우리 삼촌이 읽은 책을 아무거나 뽑아서 읽는 버릇이 있거든."

"공부하는 거나 책 읽는 거나 그게 그것이지. 다른 게 뭐 있니?"

"버릇이라니까. 참, 세상에서 가장 어려운 세 가지는 첫째, 시간을 아끼는 일. 둘째, 비밀을 지키는 일. 셋째, 모욕을 참는 일이래."

"시간, 비밀, 모욕. 그럴 것 같다. 우리 지금 시간을 낭비하고 있는 건 아니겠지?"

"맞아, 맞다구, 그럼 잘 가!"

정말 싱거운 아이다. 잘 가라는 말 한 마디를 남기고 성큼성큼 달아나는 형석의 뒷모습이 어딘지 모르게 쓸쓸해 보였다. '내일 모래면 연합고사라고 아이들은 정신없이 공부를 하고 있을 텐데. 난 그런 걱정이 없어졌다고 남학생과 만나서 떠들어대다니.' 시간을 아끼는 일, 비밀을 지키는 일, 모욕을 참는 일, 여러 번 되뇌어 봐도 틀림이 없는 말이다. 나중에 알게 되더라도 화연의 비밀을 아무에게도 퍼뜨리지 않은 것은 참 잘 한 일로 여겨졌다. 그리 생각하니 화연이 창문에서 떨어진 것도 어쩌면 모욕을 참지 못한 데서 벌어진 일임이 분명해.

'어쨌든 화연이가 입을 열어 말을 하게 되었으니 다행이지 뭐야.'

나래는 집으로 돌아와 병원에 입원해 있는 화연에게 보내기 위해 기나긴 편지를 썼다.

3. 연합고사 보는 날

"내일은 여러분들이 그 동안 갈고 닦은 실력을 충분히 발휘해야 될 줄 압니다. 특히 평소 모의고사에서 성적이 불안하다고 생각했던 사람들은 침착하게 한 문제 한 문제를 정성껏 풀어 나가야겠습니다. 그러면 지금부터 자기가 시험 보러 가는 장소를 불러줄 테니 오늘 오후 예비 소집에 참여하여 수험표를 받고 유의 사항을 잘 들은 뒤 그대로 따르기 바랍니다. 특히 내일 아침 시험 시간에 늦지 않도록 서둘러야 할 것이며 옷을 단단히 껴입어 추워서 떠는 일이 없어야겠지요."

빈 선생님은 이것저것 자상하게 일러준 뒤 시험 장소를 알려 주었다. 특지고교나 실업계 학교 지망생들은 직접 그 학교에 가서 시험을 치러야 하며 대부분의 학생들은 가까운 M여고로 가면 된다고 했다.

"야, 남학생들은 바로 옆 D고등학교에서 시험을 본다는데 우린 M여고까지 가야 하나? 버스를 두 정거장은 타야겠지?"

"그까짓 거리는 걸어서 가면 되지, 뭐가 걱정이냐? 특지고교나 실업계 학교까지 가는 아이들이 문제지."

버스를 두세 번 갈아타야 한다는 아이가 있는가 하면 아직도 자기가 시험 보러 가는 학교가 어디쯤에 있는지 잘 모른다는 아이들도 있어 교실 안이 한바탕 시끄러웠다.

"오늘 청소는 생략한다. 각자 주변의 휴지만 줍고 정리 정돈을 한 뒤 끝내겠다."

"오우, 예!"

"두시까지 늦지 않으려면 빨리 서두르자."

인문계는 꼭 가야겠는데 커트라인 성적에 못 미칠 것 같다며 일찍이 변두리에 있는 특지고를 지망한 지선은 부랴부랴 교실 밖으로 뛰쳐나갔다.

"최선을 다 해라. 좋은 성적 거두어."

상고며 공고, 예고 등에 1차로 합격된 아이들은 여유 있게 아이들을 격려해 주었다.

"정숙아, 시험 잘 봐!"

나래는 제일 먼저 정숙의 손을 꼭 쥐어 잡으며 말했다.

"그래, 한번 쓴맛을 봤으니 이번엔 잘해야겠지."

정숙은 한쪽 눈을 감았다 뜨며 윙크까지 보내는 등 능청을 떨었다.

"화연은 어떻게 한다던? 병원에 입원해 있던데."

"선생님께서 그러시는데 병원 입원실에서 볼 수 있대. 감독 선생님

입회 아래 최선을 다할 수 있도록 배려해 준다는 거야."

"그것 참 다행이다. 그 아이야 인문계쯤이야 눈 감고 봐도 합격할 테니까."

"넌 어떻고."

만나면 다투고 토라지곤 하면서도 또 만나면 정다운 친구, 나래는 세상에서 가장 소중한 건 마음이 서로 통하는 사람들끼리가 아닐까 하는 생각을 다시 해 보며 혼자서 슬그머니 미소를 지었다.

아침 일곱 시라지만 오늘은 유독 해님이 늦잠을 자는 건지 주변이 아직 어두컴컴했다. 나래는 서둘러서 엄마와 함께 집을 나섰다. 커다란 커피포트에 뜨거운 커피를 가득 담고, 어젯밤에 전화 주문을 하여 맞추어 놓은 떡을 찾아 가지고 M여고 교문 앞으로 갔다. 부지런한 학생들은 벌써부터 자기네 학교 이름을 쓴 현수막에 '100% 합격', '필승!' 등의 구호를 써서 걸어놓았고, 여기저기 교문 옆 벽에도 학교마다 전원 합격을 비는 내용의 글을 써서 붙여 놓았다.

"아니, 나래 어머님이 어떻게 나오셨습니까?"

빈 선생님과 여자 반 담임 선생님들이 이쪽으로 걸어오며 반갑게 인사를 했다.

"우리 딸이 시험을 안 본다고 모른 체 할 수 있나요? 우리 학교 아이들이 아침도 못 챙겨 먹고 추워서 떨까봐 약소하지만 떡 좀 가지고 왔지요."

어머니는 종이컵에 커피를 조금씩 따라 선생님들에게 권했다. 그때, 나래네 반 몇몇 아이들이 오버코트에 손을 꼭 집어넣은 채 들어가고 있었다.

"시험 잘 봐야 한다!"

빈 선생님은 아이들 하나하나의 등을 어루만져주며 용기를 북돋워주었다.

"얘들아, 여기 커피 마시고 가렴!"

다른 반 아이들도 우르르 몰려와 보리차나 커피를 마시고 나서 깔깔거리며 안으로 들어갔다.

"야, 내가 좋아하는 꿀떡이네!"

아이들이 한꺼번에 떼를 지어 들어가는 속에서 간신히 찾아 데리고 온 정숙은 큰 소리로 떠들며 호들갑을 떨었다.

"감사합니다, 나래 엄마!"

"정숙아, 만점을 기대한다!"

빈 선생님과 나래는 약속이라도 한 듯 똑같은 말을 동시에 했다.

"하하하하!"

아이들이 거의 다 들어간 뒤에 운동장 가운데에 피워놓은 모닥불 옆으로 각 학교에서 나온 선생님들과 학부모들이 몰려들었다.

"이번 커트라인이 많이 낮아진다죠?"

"글쎄요. 큰 차이는 나지 않겠지만 성적이 좋은 아이들이 실업계 지망을 많이 했다지요?"

어머니들끼리 정보를 주고받는 속에서 하나같이 노심초사 자녀들 걱정에 안절부절 못하는 모습이 역력했다.

"이제 저희는 가보겠습니다."

"네, 추운데 애쓰셨습니다. 안녕히 가십시오."

엄마와 인사를 나누며 고개를 숙인 빈 선생님의 머리카락이 요즈음 들어 더욱 많이 희어졌다는 생각이 들었다.

"저런 분이 왜 혼자 사실까?"

"네? 누구 말씀이에요?"

나래는 혼잣말을 하면서 혀를 쯧쯧 차는 엄마의 팔목을 잡고 캐어물었다.

"아유! 이런 여우 옆에서 공연한 소릴 했나 보구나. 넌 몰라도 돼!"

"엄마, 방금 우리 선생님 이야기 맞죠? 그렇잖아도 아이들끼리는 말이 많거든. 선생님 댁에 놀러가겠다고 조르는 아이들에게 한 번도 집을 가르쳐 주신 일이 없어서."

"그야, 너희가 선생님 댁에는 뭐 하러 가니? 철없는 아이들이 하는 소리지."

"근데 엄마, 우리 선생님 진짜 아이들도 없으신가 봐. 이제껏 아들 딸 이야길 꺼낸 적도 없거든."

"그럼 됐어. 그 정도만 알면 됐지. 뭘 더 알고 싶은 거야."

엄마는 걸음걸이를 빨리하여 걸었다.

"그건 그렇고. 오늘 우리 엄마 정말 멋지더라. 자기 딸이 시험 보는 것도 아닌데 추운 아침에 일찍 나와 봉사 활동을 하시는 모습이."

"그게 다 네가 있으니까 그러는 거지. 우리 딸이 없으면 누가 시켜도 안 한단다."

"엄마, 정말? 모두 나 때문에 하시는 거예요? 내 체면 살리려고?"

"녀석도, 농담도 못하니? 그렇잖아도 연말연시에 좀 바쁠 것 같다. YWCA 복지관에서 열리는 행사가 많아. 할머니·할아버지 떡국 잔치도 해야 하고 무료 상담실 운영도 그렇고. 또 어머니들끼리 취미활동으로 하는."

"알았어요. 나영 언니도 요사이 눈코 뜰 새 없이 바쁘대요. 모녀간에 누가 더 보람 있고 뜻있는 연말을 보내느냐 내기라도 하였우?"

"응, 그러니? 나영이도? 나한테는 한 마디도 안하고서."

언니 이야기에 흥미를 가지며 싱글벙글 흐뭇해하는 양이 꼭 어린애 같았다.

"그래, 권 선생님하고는 계속 잘 지내는 것 같던?"

"그걸 말씀이라고 하세요? 심지어는 소년·소녀 가장 돕기 운동을 벌이는 레스토랑까지 언니를 따라다니며 도와주시고 계셔요."

"그렇지, 그리운 사람끼리는 언제나 만나도 좋은 거니까."

"엄마는 지금도 아빠가 그렇게 좋아요? 안 보면 보고 싶을 정도로?"

"물론이지. 사랑과 그리움의 세계를 알게 되면 이 세상 모든 것이 즐거움의 대상이 된단다."

"아유! 엄마는 나이답지 않게 아직도 영화 속의 주인공처럼 착각하시며 사시는 게 아니에요?"

"그렇게 살려고 노력하는 거지. 하지만 진짜 영화 속의 주인공은 너희 담임 선생님 같으신 분이다."

"어머나, 우리 선생님이?"

"어머, 내가 또 실수를 했구나."

"이젠 숨기지 말고 아는 대로 다 말씀해 주세요. 빨리요."

"할 수 없다. 그 대신 비밀이다."

엄마는 나래에게 이야기를 해도 좋을지 어떨지 매우 망설이더니 집에 가서 점심을 먹으며 천천히 이야기하자고 미루었다.

"엄마가 우리 선생님에 대해서 어찌 그리도 잘 아세요?"

"글쎄, 세상은 넓고도 좁고, 좁고도 넓은 것이더구나. 그래서 영원한 비밀은 없다는 게 아니겠니?"

"엄마는, 그게 또 무슨 비밀이에요. 우리 선생님이 혼자 사신다는 게"

"얘 좀 보게. 비밀이라는 낱말은 네가 나한테 수없이 썼던 말 아니니? 언니 입양 해 온 일부터 시작하여 나더러 비밀을 대라고 얼마나 마음고생을 시켰는지 알기나 해?"

"마음고생이야 나 혼자 했지. 엄마가 언제?"

"어른들이야 겉으로 나타내질 않고 잘 참아내니까 그렇지. 어쨌든 너희들이 흔히 쓰는 말로 이건 비밀이다."

엄마는 개구쟁이처럼 장난기 있는 얼굴로 나래를 바라보며 이야기의 뜸을 들였다.

"듣고 싶어요. 빨리요!"

그러나 나래가 엄마로부터 소설 속의 한 장면 같은 가슴 뭉클한 이야기를 듣기까지는 여러 가지 조건이 많았다.

"공부방을 깨끗이 치우고 나와야지. 설거지도 좀 도와 줄 수 없겠니?"

나래는 오늘 따라 고분고분 시키는 대로 말을 잘 들었다.

하지만 엄마의 이야기는 처음부터 끝까지 누가 지어낸 것만 같아 믿기지가 않았다. 거두절미하고 빈 선생님이 어렵게 다니던 대학교에 휴학계를 내고 자원하여 간 곳은 월남전의 맹호부대였단다.

고향 생각, 부모 생각에 밤잠 못 이루는 밤이면 고국에서 보내온 여학생들의 위문편지를 뜯어보며 잠시나마 웃음을 되찾곤 하던 빈 선생님의 눈에 확대되어 비쳐온 편지 한 장이 있었으니 그게 바로 어여쁜 여고생 최경진이 깨알 같이 적어 보낸 편지였더란다. 본래 글솜씨가 뛰어나 상도 많이 받았던 경진이, 호기심도 많고 꿈도 많던 여고 시절에 늠름한 월남 장병 아저씨와 오고가는 편지 속에서 사랑이 싹트기 시작한 거라고.

"엄마의 글 솜씨도 뛰어났다면서요?"

"난 그런 펜팔은 별로 좋아 하지 않았거든. 위문편지만 보내고 답장이 오면 그냥 그게 끝이니까."

"참 그런데 그 최경진이 누구에요?"

"얘 좀 봐라. 너희 1학기 때 선생님. 지금 시골에서 노처녀. 그 말이 이젠 안 어울리는구나. 그래서 독신녀로 육영 사업이나 하고 있는 나의 친구 말이다."

"예? 최경진 선생님?"

"매번 월남에서 보내온 그 아저씨의 편지 속에는 씩씩하고 잘생긴 국군 아저씨의 사진과 함께 이국의 나뭇잎들이나 풀꽃들이 들어 있어서 그 편지를 기다리는 아이는 경진이 뿐만이 아니었단다. 우리 반 모든 여학생들의 선망의 대상이었어."

"우와, 멋지다!"

나래는 손뼉을 치면서 두 사람에게 행운이 있기를 빌었다.

"경진은 대학교 때에도 남학생들로부터 미팅 신청이 쇄도 했건만 다 뿌리치고 그 월남 장병 아저씨가 제대하고 돌아오기만을 손꼽아 기다렸단다."

"그럼, 두 사람 사이에 나이 차이도 많았겠네요?"

"그렇지도 않아. 여섯 살 차이쯤."

"여섯 살 차이면 많지 않나요? 그 때 엄마는 무얼 하셨어요?"

"난 외국 유학을 갔었지. 무슨 박사 학위라도 따올 것처럼."

"참, 그랬다고 했지요. 엄마의 로맨스는 전에 들었어요. 아빠가 고등학교 때부터 쫓아 다녔다는."

"그런데 경진이 교사 자격증을 따내고 학교에서 근무하는 중 상대편 주소도 밝히지 않은 채 청첩장 한 장이 날아 왔다지 뭐니?"

"세상에. 빈 선생님이 다른 여자와 결혼을 하신 거예요?"

"경진이도 그렇게 알고 충격을 받은 탓인지 섬으로 자원을 하여 거의 십여 년 가까이 소식이 끊긴 채 살아왔었는데."

"네, 그런데요?"

나래는 갑자기 얼굴이 빨갛게 상기된 엄마에게 계속 이야기를 해달라고 졸랐다. 엄마도 목이 타는지 이따금씩 주스를 한 모금씩 마셔가며 나래에게 친구처럼 소곤소곤 이야기를 해나갔다.

"그런데 후에 알아낸 사실이지만 빈 선생님은 그 당시 몹쓸 병에 걸려 고생을 하면서 소식을 끊었다지 뭐냐?"

"무슨 병이었는데요?"

"글쎄 확실치는 않지만 말라리아라는 무서운 병이었는데 여러 번 재발해서."

"어머나! 그럴 수가 있어요? 말도 안돼요. 엄마."

"세상엔 믿어지지 않는 이야기들도 많단다. 어디 소설가들이 자기가 겪은 체험이나 상상으로만 글을 쓰는 줄 아니? 이런 이야기들을 바탕으로 해서 살을 붙이고 상상을 더하여 감동 깊은 이야기로 새롭게 만들어내는 것이지."

"네, 그건 알아요. 하지만."

나래는 엄마가 지금 그 풍부한 상상력을 동원하여 나래에게 이야기를 꾸며내고 있지 않나 싶어 엄마의 얼굴을 빤히 들여다보았다. 그런데 수다쟁이 친구처럼 재미있게 이야기를 들려주던 엄마의 두 눈에 이슬이 맺혀 있을 줄은 꿈에도 몰랐다.

"엄마, 너무나 슬픈 이야기 같아요. 그렇지만 병이 다 나은 뒤에 쫓아갈 수도 있었을 텐데. 빈 선생님이 너무나 소극적이었나 보죠?"

"아니지, 경진이가 더 좋은 사람을 만나 행복하게 살아주기를 빌었을 거야. 너무너무 사랑하는 사람들끼리는 오히려 멀리 두고 그리워하는 거란다. 영원히 순결한 사랑으로."

지금 사랑을 말하고 있는 엄마의 얼굴은 마치 시를 읊는 청순한 소녀처럼 무척 아름다워 보이기까지 했다.

4. 그리운 사람끼리

"아유, 그럼 엄마는 사랑하는 아빠와 결혼하신 걸 후회라도 하고 계시는 건가요?"

"아니지, 우린 그저 평범한 행복 속에 사는 거고."

"그런데 엄마, 지금 빈 선생님이 우리 학교에 근무하시는 걸 최 선생님도 알고 계실까요?"

"얘 좀 봐라. 네가 최 선생님한테 보낸 편지 속에 빈 선생님에 대한 이야기를 쓰지 않았었니? 그리고 네가 최 선생의 편지를 학교에 가지고 가서 빼앗겼다며? 빈 선생님한테 말이다."

"네, 그런 적은 있었지만. 서로는 모르잖아요."

"아, 글쎄 동명이인일진 모르겠으나 느낌이 와 닿는 까닭에 실례함을 용서하라며 빈 선생님이 먼저 경진에게 편지를 보냈다더구나."

"어머나, 그랬어요?"

"그래, 나더러 어떻게 하면 좋겠느냐는 편지를 보냈지 뭐니? 그래서 내가 빈 선생님에 대해 자세히 알아봤지. 남모르게 말이다."

"결국 두 사람이 다 동일인이었군요. 서로를 그리워하던?"

"맞아. 경진인 내 전화를 받고 흐느껴 울더구나. 하지만 자기 어머니가 살아계실 때 만났더라면 엄마를 기쁘게 해 드리기 위해서라도 결혼을 했을 텐데 이젠 다 소용이 없어졌다는 거야. 나이도 그렇고. 이미 때가 늦었다나?"

"빈 선생님이나 최 선생님이나 모두 독신주의를 부르짖는다 이 말씀이시군요. 그렇다면 내가 가운데에서 중매를 서겠어요. 어른들은 너무나 체면을 중히 여기는 바람에 속마음을 숨기면서 위선을 부린다니까."

엄마는 공연히 설치지 말고 조용히 있으라고 했다. 그러나 나래는 한 편의 영화를 보고 난 후 느끼는 그러한 감동과는 달리 자꾸만 가슴이 미어져오는 걸 어찌할 수 없었다.

"다시 말해두지만 경솔한 생각이나 행동은 용서하지 않을 거야. 어른들이 심사숙고하여 결정할 문제에 아이들이 끼어들면 안 돼. 어디 가서 수다 떨지 말고."

나래는 기운 없이 일어서서 창가로 갔다. 아무 것도 걸치지 않은 나무들의 앙상한 가지 새로 빈 선생님의 인자한 얼굴과 최 선생님의 환한 얼굴이 번갈아 나타났다가 사라지곤 했다. 서로가 교직에 있다는 걸 알아낸 지는 꽤 오래 되었다면서 어쩌면 두 사람 다 그렇게도 무심했을까. 정말 알다가도 모를 사람들이었다. 그렇지만 속으로 그리는 정이야 어디 말로써 표현할 수 있을까.

나래가 방으로 들어와 일기장을 펼치자 책갈피에 꽂아 놓았던 낙엽들이 한꺼번에 쏟아져 나왔다. 벌레 먹은 단풍잎, 노란 은행잎, 색깔이 변해버린 담쟁이 잎 등.

하교 길에 정숙이가 말을 꺼냈다.
"글쎄, 우리 엄마가 나더러 독일어 학원엘 다녀보라고 하시잖니?"
"그건 왜?"
"고등학교에 가서 제2 외국어를 배워야 할 테니까 미리 배우라는 거야."
"그럼, 다녀보지 그러니?"
"나 혼자 다섯 정거장이나 가야하는 학원까지 다니는 건 자신 없고 너도 갔으면 해서 말하는 거야."
"응, 난 불어과니까 불어를 배워야겠지."
"그러니까 외국어 학원에 같이 가서 제각기 다른 반에서 배우면 된단 말이다."
"갑작스런 제안이라 좀 생각해 보고 답해 줄게, 집에 가서 상의도 하고."
"알았다. 그럼 없었던 일로 하자. 나 먼저 간다."

정숙은 또 자존심이 상한 건지 하던 이야길 그만 두고 저만치 앞으로 달려갔다. 나래는 붙잡지 않고 그냥 뒤를 따랐다.
"얘, 나래야, 거기 있어봐."

뒤에서 아이들이 불렀다. 돌아보니 미진과 여옥이, 진희였다.

"응, 너희들 늦었구나. 어디에서 오는 거야?"

"우리 주산 학원에 다녀오는 중이야. 오늘 7급 시험을 봤어."

"참, 그래. 너희들 부지런히 배워라. 고등학교 졸업하기 전에 자격증을 따서 좋은 회사에 취직하려면."

"고맙다. 그런데 왜 너 혼자서 가냐?"

여옥이 아랫길로 내려가는 정숙일 보며 말했다.

"정숙인 바쁜 일이 있어서. 저 그런데 나 여옥이하고만 이야기할 게 있는데 너희들 먼저 가면 안 되겠니?"

나래는 미진과 진희에게 미안하다며 의견을 물었다.

"그래라, 네가 우리 흉을 볼 리 없고. 참 너희 아버지 덕분에 우리 아버지 일자리를 구한 거 고맙게 생각해!"

장미진의 입에서 고맙다는 말이 나왔다고 하면 아이들의 대부분은 믿지 않을 것이다. 하지만 분명히 세 사람은 들었다. 나래는 고개를 끄덕이며 손을 흔들어 주었다.

"봐라. 저 아이들도 나쁜 애들이 아니라고 내 말했었지."

"그럼, 미진이가 마음을 잡고 열심히 노력하게 됐으니 얼마나 다행한 일이니. 그래, 너 지난번에 말한 거 어떻게 됐어?"

"무슨 이야긴데?"

"시골 최 선생님이 계시는 학교로 가버릴까 했잖아."

"아직은 안 된다고 하시니 할 수 없지. 고등학교나 마치고 내려오도록 하라는 거야."

"최 선생님이?"

"응, 우리 담임 선생님하고도 상의를 했는데 똑같은 대답이 나오지 뭐냐."

"그러니까 네가 시골 최경진 선생님에 대해서도 우리 선생님께 말씀드렸단 말이지?"

"그랬대두. 왜 무슨 일 있다냐?"

"아냐, 그건 그렇고. 너 고형석이라는 아이 잘 알고 있지?"

"고형석? 왜 과학고에 합격되었다는 덩치 좋은 남자아이 말이냐?"

"맞아, 너도 잘 알고 있구나."

나래는 속으로 반가워하며 다시 물었다.

"너하고 고향이 같지 않나 싶어서 묻는 건데 혹시 시골에서 같은 학교에 다니지 않니?"

"아니다. 우리 시골은 남자 학교와 여자 학교가 딱 구별이 되어 있지야. 그리고 내가 어디 그 아이하고 말이나 한번 건넨 적이 있었냐? 고향이 나하고 같다고야? 그런 말도 난 금시초문이다."

여옥은 일부러 그러는 것처럼 사투리를 강하게 쓰며 전혀 모른다고 잡아떼었다.

"그렇다면 그 애가 날 또 속인거야. 그런데 이상도 하지 뭐냐? 최경진 선생님을 잘 알던데? 최 선생님 소개로 이곳 우리 학교로 전학 온 거라고 분명히 말했어."

나래가 혼잣말처럼 중얼거리는 소리를 듣고 있던 여옥이가 별안간 무릎을 탁 치며 말했다

"아, 지금 생각이 났는데 난 그 애 이름을 확실히는 몰랐지만 어른들이 말하던 그 머리 좋은 아이가 맞는가 보다. 최 선생님의 가짜 조

카다."

"무슨 말이야? 가짜 조카라니?"

"그치? 내가 금방 말했지만 그 말이 되게 웃긴다. 하하하!"

여옥은 말을 길게 늘여 빼며 저 혼자 까르르 웃고 나서는 또 이야기 계속했다.

"그러니께 그게 어떤 사연인가 하면 최 선생님이 무남독녀란 걸 너도 잘 알지야?"

"응, 우리 저 길모퉁이 헌책방으로 들어가 책을 고르는 체하며 이야기 하자."

"아서라, 중요한 정보를 제공해 주려는데 떡볶이 집이라도 들어가야제."

"좋아, 가자."

둘이는 떡볶이 집으로 들어가 창가 쪽으로 자리를 잡았다.

"최 선생님 어머님은 젊어서 과부가 되었지만 부지런하고 억척스럽게 과수원을 일구었고 또 그 근방 일대에서는 알아주는 돈 많은 노인이었단 말이다."

"그건 나도 알아. 지난여름 방학 때 가서 직접 만나 뵈었으니까."

"맞다. 너희들이 그리로 해서 우리 집까지 왔었지야. 우리 철이 개안 수술 때문에. 니들 그때 억시게 고맙더라."

여옥이 그 당시를 생각하며 돌아온 어미소를 떠올리는지 조금 잠잠해졌다. 그 사이 나래도 아이들과 함께 시골 최 선생님 댁에서 지냈던 며칠 동안의 일이 영화 필름처럼 생생하게 스쳐지나가자 조용히 두 눈을 감았다.

첨벙첨벙 어린 아이들처럼 물장난을 하며 송사리를 잡던 시냇가, 무서워서 벌벌벌 떨며 사다리를 타고 올라가 과일에 종이 봉지를 씌워주던 일, 평상 위에 둘러앉아 귀신 이야기를 하고 모닥불 연기에 콜록콜록 기침을 하며 개똥벌레를 쫓아가던 일, 그 아름답던 여름밤을 생각하니 빙그레 미소가 떠올랐다.

"별 하나 꽁꽁, 별 둘 꽁꽁, 별 하나 따서 구럭에 담고, 구워서 불어서 구럭에 담고, 별 둘 따서."

"와, 니가 어떻게 그런 노래를 다 아냐? 정말 신기해 버리네!"

"왜 그 인자하신 할머니가 우리더러 따라 하라며 알려주셨지. 숨을 쉬지 말고 단숨에 몇 개까지 세나 내기도 했지. 그런데 갑자기 돌아가시다니."

나래는 또 최 선생님을 무척이도 소중하게 여기며 한숨짓던 그 할머니의 초라한 모습이 한참동안 지워지지 않아 머리를 살래살래 흔들어 버렸다.

"어서 하던 이야길 계속해 봐!"

나래가 독촉을 하자 여옥은 꿈을 꾸다가 깨어난 듯 깜짝 놀라며 말을 이어갔다.

"그 할머니가 참 좋은 일을 많이 하셨다는 건 세상이 다 알고 또 아는 사람만 아는 이야기는 바로 그 가짜 조카 고놈아가 고형석이 맞을 기라. 하여튼 그런 이야기는 몇 사람만 알거야."

여옥이 횡설수설하는 이야길 간추리면 대강 이러했다.

어느 날 선생님의 어머니는 라디오 뉴스에서 나오는 고아가 된 남매 이야길 귀담아 들었다가 수소문하여 찾아 갔다는 것, 항구도시 군

산에서 큰 배가 들어올 때마다 부둣가에 나가 막노동을 하며 살아오던 부모를 하루아침에 잃어버린 불쌍한 남매에게 생활비를 대주고 학교를 보내주는 등 모든 뒷바라지를 다 해주었단다. 그런데 남매 중 누나는 고등학교를 졸업한 뒤 어느 외국인과 국제결혼을 하여 떠나간 뒤 소식이 끊겨졌다는 것. 남동생은 열심히 공부를 하고 일류 대학에 수석으로 들어가 할머니를 매우 기쁘게 해드린 수재였는데 할머닌 은근히 그 사람을 사윗감으로 여기며 최 선생님에게 그 뜻을 보였건만.

나래가 거기까지 이야기를 들었을 때 문득 떠오르는 사람이 있었으니 그건 바로 빈 선생님이었다.

"그래, 어떻게 됐어?"

나래는 어느 정도 이해가 간다는 듯 고개를 끄덕이며 여옥의 말을 경청하였다. 할머니는 그 사람을 외국으로 유학까지 시켜주었고 훌륭하게 된 그 사람은 결국 최 선생님이 끝까지 마음을 주지 않자 다른 여자와 결혼을 했다는 것이다.

"그 당시 최 선생님은 어디서 무엇을 하고 있었다니?"

"그러니께. 어느 섬에서 어린 아이들을 가르치고 있었다나 어쨌다나."

최 선생님의 어머니는 마음 둘 곳이 없어 외로워지자 서울에 자주 오르내리며 그 사람 부부를 친 아들, 며느리로 여기고 있었고 그 부부도 할머니를 극진히 모셔왔단다.

"그래, 형석인 누구란 말이니?"

"야, 너 머리 좋다는 아이가 여기까지 듣고도 눈치를 못 채는 거냐?"

"글쎄다."

"내 알려주는 수밖에. 넌 공부하는 머리는 좋은데 그쪽으로 추리하는 건 나보다 훨씬 뒤지는구먼."

여옥은 이제 농담까지 섞어 가며 여유 있게 말을 했다.

"할머니 덕분에 훌륭하게 된 그 사람 부부 사이에서 태어난 애가 고형석이라니께."

"어머나, 그런 거야? 수수께끼 치고는 너무 어렵다."

"이만하면 그 아이의 정체가 들어난거제? 그럼. 이젠 나를 보내줄래? 우리 고모한테 혼난다. 늦게 왔다고."

"됐어. 하지만 어떻게 해서 그 아이가 시골에서 학교를 다녔다는 거야?"

"아따, 되게 끈질기네. 서울에서 학교를 다니다가 저희 부모가 외국 어디 이름도 잘 알려지지 않은 나라라드만 거기로 가 있게 되니까 잠깐 할머니 댁에서 지냈던 거 아니겠냐?"

"그럼 아프리카의 작은 나라 대사관에서 근무한다는 말은 맞는 이야긴가 보구나. 그런데 시치미를 떼더라니까. 자긴 고아라며."

"그야, 그렇겠지야. 나도 우리 부모가 시골에 계시고 나만 여기에 혼자 있으니까 꼭 고아 같은 기분이 안 드냐?"

"그 기분 이해할 수 있어."

여옥을 큰 길 버스 타는 데 까지 데려다 주고 오는 나래의 마음이 왠지 하늘을 날을 것만 같았다. 그 동안 얽히고설킨 모든 수수께끼가 후련하게 풀린 것 같아 휘파람까지 불어대며 집으로 돌아왔.

'그런데 왜 지난여름에 시골에 갔을 땐 형석일 못 만났을까? 참 그

네 부모들이 방학 때만 귀국하여 형석과 함께 지낸다 했지. 그럼 이번 겨울 방학 때도 나오시겠네.'

나래는 형석이 부모님을 한번 만나보고 싶다는 호기심이 생겨나 집에 들어오자마자 수화기를 들었다. 하지만 곧 마음을 바꾸었다. 형석한테 하려던 전화를 정숙이 쪽으로 돌린 것이다.

"너 이번 연합고사 잘 치렀지?"

"얘 좀 봐, 똥딴지 같이. 시험 본 지가 언젠데 지금 그 안부를 묻고 있는 거야?"

"참, 그렇구나. 너 두세 개 나갔다고 했던가?"

"야, 강나래. 너 낮잠 자다가 일어났니? 요즈음 뭐가 그리도 바쁜 거야. 이야기 할 새도 없이."

"응, 바쁘진 않아. 그럼 내일 만나자."

나래는 지금 자기가 무슨 이야기를 하는 건지 정숙이 말대로 낮잠을 자고 난 사람처럼 두서가 없음에 피식 웃어 버렸다.

5. 화이트 크리스마스

"야, 밖에 눈이 온다! 첫 눈이다."

"선생님, 눈이 와요. 와아!"

아이들은 모두 일어서서 창문 밖에 내리는 하얀 눈을 바라보며 감탄사를 연발했다.

"그래, 눈이 오는구나."

선생님도 창가로 다가서서 운동장 쪽을 내다보며 빙그레 미소를 지었다. 어느 정도 시간이 지나자 아이들은 선생님의 지시가 없었는데도 제자리로 돌아와 얌전하게 앉았다. 칠판에는 방금 전에 배우고 지나간 시의 세계 중에서 '너를 위하여'란 제목만이 덩그렇게 적혀 있다.

"선생님, 첫사랑 이야기 좀 들려주세요!"

"응? 뭐라고?"

마치 교실에 혼자 남아 있는 양 창 밖만을 응시하고 있던 빈 선생님이 깜짝 놀라며 칠판 앞으로 와 섰다.

"선생님, 방금 첫사랑을 생각하고 계셨지요?"

현희가 웃음 섞인 농담으로 교실 안 분위기를 명랑하게 이끌었다.

"아니다. 우리 어디까지 공부하다 말았지? 참, 누구 '너를 위하여'를 외워서 낭송할 사람?"

"아유, 선생님, 듣고 싶어요."

기회를 놓칠 수 없다는 듯 아이들은 이구동성으로 소리쳤다.

"좋아. 연합고사도 끝났고 그 동안 학과 진도 나가기에 바빠서 단원의 마무리를 제대로 한 적이 없었지. 그럼 이 시간엔 우리 모두 가벼운 마음으로 시를 쓰기로 하자. 아름다운 시를 써 보렴. 제목은 자유다. '첫눈 오는 날도 괜찮겠지.'"

"에, 선생님, 이야기를 해 주세요."

"어서 쓰기 시작 해! 영 시상이 떠오르지 않는 사람은 누구에게든 편지를 써도 좋다. 고운 마음을 담아서 그리운 사람에게 마음을 전해 보렴."

완강하게 잡아떼며 글쓰기를 강요하는 빈 선생님을 이길 수 없다고 생각한 아이들은 한 사람씩 서서히 펜을 들고 조용히 글을 쓰기 시작했다. 나래는 선생님의 표정에서 시골 최 선생님의 얼굴을 떠올리며 오랜만에 편지를 쓰기로 했다. 두 분 선생님이 서로 만날 수 있기를 바라면서.

"어머나, 그새 눈이 제법 많이 쌓였네, 우리도 밖으로 나가 놀자."

점심시간에 운동장으로 쏟아져 나온 아이들은 남녀 학년 반 가릴 것 없이 한데 어울려 눈을 맞으며 눈을 뭉쳐 서로서로 던지고 받고 즐거워하는 모습이 마냥 천진스럽기만 했다.

"자, 던져라, 던져!"

누가 편을 가른 것도 운동장에 금을 그어 놓은 것도 아니건만 이쪽에서 저쪽으로, 저쪽에서 이쪽으로 아이들은 눈을 뭉쳐 힘껏 던져놓고는 하하하 소리 높여 웃어댔다.

함박눈이 펑펑 쏟아지는 겨울이 없다면 학창 시절의 낭만을 어디서 찾겠느냐는 듯 아이들은 시작 종소리를 듣고도 못들은 척 눈 속을 달리며 마음껏 뛰놀고 있었다.

"얘, 너 집으로 안 가고 어디로 가니?"

"응, 우체국에. 국어 시간에 쓴 편지를 부치러 가는 거야."

"누구한테 썼는데?"

"최 선생님께."

"그래? 여전하구나. 너의 한결 같은 마음을 누가 막겠니? 이번 겨울에도 그곳 시골로 놀러 가겠다고 쓴 거야?"

"글쎄, 그보다 더 중요한 내용이다."

"중요한 게 뭔데?"

"차차 알게 돼."

"저 깍쟁이!"

나래와 정숙이 우체국에 들러 편지를 부치고 돌아오는 길이었다.

"야, 사뿐사뿐 나부끼는 눈을 맞으며 그림처럼 거닐고 있는 저 청춘

남녀를 좀 봐라. 정말 근사하지?"

"그래, 뒷모습이 너무 멋지다. 사랑하는 사람끼리 두 손을 잡고."

나래가 콧노래를 흥얼대자 앞에서 걷고 있던 연인들이 발을 멈추고 뒤를 돌아다보았다.

"어머나, 언니!"

"안녕하셨어요? 권 선생님!"

나래와 정숙이 달려갔다. 권영일 선생님과 나영 언니가 첫눈을 맞으며 데이트를 하고 있었는데 불청객들이 끼어든 것이다.

"언니, 저녁 근사한 곳에 가서 해결하고 들어 와."

"아니야, 너희들이랑 같이 가자. 저기 포장마차에서 호떡을 파는구나. 우리 그리로 가자."

"선생님, 괜찮겠어요?"

"괜찮지 않고. 어서들 따라오렴."

나래와 정숙이 언니와 권 선생님의 뒤를 따르며 까르륵 웃어댔다. 비닐 종이를 엉성하게 잡아매어 바람막이로 사용하고 있는 포장마차 안을 들여다본 나래와 정숙은 또다시 놀라지 않을 수 없었다.

"아주머니, 또 뵙게 되었네요."

"응, 너희들이로구나. 추울 텐데 이리 안쪽으로 들어오려무나."

미진이 어머니가 이곳에서 호떡을 팔고 있으리라고는 상상도 못했다.

"저희 언니에요. 이분은 우리 선생님이시고요."

"어떻게 아는 분이시니?"

언니가 묻자 나래는 잠시 망설이다가 같은 반 친구 미진의 어머니

임을 말해주었다.

"아유, 장하십니다. 아이들 뒷바라지를 하시느라 고생 많으시죠?"

권 선생님은 예의를 갖추어 정중하게 인사를 했다.

"부끄럽습니다. 배우지 못하고 가진 것도 없으니 철따라 날씨 따라 이렇게 닥치는 대로 살아간답니다."

"별 말씀을 다하셔요. 직업엔 귀천이 없다 했어요. 그런데 혼자 하시기에 손이 모자라는 것 같네요."

뒤에서 줄을 서 있는 사람들을 둘러보며 언니는 금방 밀가루 반죽을 뚝뚝 잡아떼어 미진이 어머니를 도와주는 것이었다.

"저리 비켜요. 고맙지만 그 고운 손에 밀가루 반죽을 묻히다니."

미진이 어머니는 당황해 하며 나영 언니를 밀어냈다.

"괜찮아요. 조금만 도와드리겠어요."

"세상에. 별일도 많지."

언니가 고집스럽게 일을 돕겠다고 하자 미진 어머니는 더이상 말리지 않았다. 권 선생은 그 모습을 지켜보며 매우 흐뭇한 미소를 짓고 있었다. 나래는 지금 카메라를 가지고 있었더라면 얼마나 좋을까 하는 생각을 했다.

언니의 아름다움은 겉모습과 속마음이 그대로 일치되어 하나의 예술 작품이라 표현해도 과장될 것 같지가 않았다. 또한 그 모든 것을 이해해주며 긍정적으로 받아들이는 권 선생님 역시 예나 지금이나 남다른 멋을 지니고 있기에 포장마차 안의 이색적인 정경을 오래오래 마음 속 깊이 간직하고 싶었다.

"갑자기 날씨가 추워져서 고생이 많지요?"

"해마다 이맘때면 강추위가 몰아치는 걸. 꼭 대학생들 시험 치를 때쯤에 말이야."

"맞아요. 참 언니, 우리 내일 모레 방학을 해요. 선생님네 학교는 언제 방학을 해요?"

"야, 이놈아, 선생님네 학교라니. 이제 두어 달 후면 너도 우리 학교로 오게 될 터인데."

"그야, 그렇지만."

"응, 우린 오늘 방학식을 가졌었어. 그러니까 네 언니와 만나서 한가하게 데이트를 즐기는 거지."

"맞아요. 그럼, 전 먼저 가 보겠어요."

"몇 개 더 먹고 가렴!"

"아니에요. 저희 집은 요즈음 초비상 상태인걸요. 오빠들이 둘씩이나 대학 입시를 치러야 하니까요. 그런데 저까지 속을 썩인다고 우리 엄마는 걸핏하면 화를 내시거든요. 늦기 전에 빨리 들어가서 부엌일도 도와드려야 한다니까요."

정숙이 꾸벅 인사를 하고는 나래가 부르는 소리도 못들은 체하며 뛰어가 버렸다.

"정숙인 지난 시험에서 떨어졌지?"

"네. 그렇지만 워낙 침착한 아이라서 겉으로 내색을 안 해요. 오히려 다른 학교에서 떨어진 아이들을 위로하고 다니는걸요."

"그럴 거야. 성격이 원만하니까."

권 선생님은 정숙이 외고에 함께 들어오지 않은 걸 퍽 애석하게 생각하는 듯 고개를 끄덕이며 정숙일 칭찬하였다.

"언니, 정숙이랑 나랑 권 선생님을 얼마나 사모했는지 언닌 모를 거야."

"왜 모르니? 사춘기 때 자기네 학교 총각 선생님을 사모하지 않은 아이들이 몇이나 되겠니?"

"정말? 언니도 그랬어?"

"물론이지. 난 영어 선생님을 무척 좋아했었는데."

언니는 생글생글 웃으며 호떡을 하나 집어 권 선생님께 권하였다.

"참, 네 이름이 강나래라 했지? 우리 미진이랑 짝이라고."

"네, 아주머니, 기억력이 참 좋으시네요. 제 이름까지 잊지 않으시고."

"그야 학생 이름이 좋아서 금방 외워졌지 뭐. 근데 그 집 아버님께 고맙다는 인사를 하러 가봐야 하는 건데."

"왜요? 무슨 일인데요?"

"무슨 일이긴. 우리 딸 부탁 때문이라며 미진 아범 취직시켜 준 일도 고맙지만, 이번엔 우리 동네에 세우는 아파트를 모두 우리 동네 사람들에게 영구 임대 아파트로 분양하겠다는 말씀을 하시고 가셨거든."

"네? 우리 아버지가?"

나영 언니가 더 놀라며 기뻐했다.

"네, 그렇다니까요. 원래 작은 평수로 설계를 낼 때부터 다 계획이 있었다나 봐요."

"우리 아빠, 멋쟁이!"

"아빠는 사장님도 아니시면서 어떻게 그런 약속을 하셨을까?"

언니는 아무래도 헛소문인 것 같다며 사실을 믿으려 하지 않았다.
"언젠가 언뜻 들었지만 그 회사 사장님께선 능히 그러실 분이야. 어렵게 모은 재산을 뜻있게 쓰시려고 매우 고심하신다 하셨어."
"선생님은 어떻게 그리 잘 아셔요?"
이번엔 나래가 정색을 하고 권 선생님에게 물었다.
"어차피 알게 될 것 미리 얘기해 두지. 그 사장님은 바로 우람이 아버님이시니까. 내가 잘 알 수밖에."
"네?"
나래와 언니는 뜻밖의 말에 눈이 휘둥그레지며 서로를 마주 보았다. 우람이 아버지라면 누구인가? 우람이 그러니까 나영 언니의 남동생을 입양시켜 훌륭하게 뒷바라지 해 주고 있다는 사장님이 바로 아버지가 다니시는 회사 사장님과 일치한다는 말이 아닌가.
"정말 알 수 없는 일만 계속되니까. 요사이 난 꿈속에서 헤매는 것 같아요."
나래가 이마 위에 손을 얹으며 갈피를 못 잡겠다고 도리질을 하는 걸 보고 언니와 권 선생님은 하하하 즐겁게 웃는 것이었다.
"정말 고맙기 그지없다고 전해 주세요. 우리야 사장님이 어떤 분이신지는 잘 모르지만 그렇게 좋으신 분들이 있으니까 이젠 편안하게 살 수 있을 거예요."
아직 아파트를 세운 것도 아닌데 미진이 어머니는 벌써부터 마음이 부풀어 있었다. 어찌됐던 간에 미진이 어머니가 희망을 안고 저토록 기쁜 마음으로 장사를 하고 있으니 여간 다행한 일이 아닐 수 없었다.

"올해엔 틀림없이 화이트 크리스마스를 맞이하겠는걸!"
"야호!"
나래는 집으로 돌아오는 길에 두 손을 높이 들어 만세를 불렀다. 든든하기 짝이 없는 권 선생님과 언니랑 함께 거니는 것도 좋았지만 한 해 동안 나래의 머릿속을 산란하게 했던 모든 문제들이 모두 시원스럽게 해결되어지고 마무리되어지는 것 같아 기분이 날아갈 듯 했다.
"안녕하셨어요? 어디에 다녀오시는 길이세요?"
호랑이도 제 말을 하면 온다더니 우람이 골목에서 불쑥 나타나며 인사를 하였다.
"오우, 우람이로구나, 너 웬일이니?"
언니는 무척이도 반가운 내색을 숨기지 않고 우람의 찬 손을 꼭 쥐어주며 말했다.
"도서실에 다녀오는 길인데 권 선생님 댁에 놀러가려고 나섰어요."
"그랬니? 잘 됐다. 어서 가자!"
"우리 집으로 가요. 싸늘한 자취집보다는 저희 집이 낫지 않을까요?"
"그럴까? 우리 모인 김에 망년회도 할 겸."
권 선생님이 흔쾌히 응하자 우람도 고개를 끄덕였다.
"이렇게 모여서 함께 들어오니까 우리 집안이 꽉 차는 구나. 정말 잘 왔어."
나래 엄마도 우람의 손을 붙들고 한참 동안 반가워하는 표정을 감추지 않았다.

약속이라도 한 듯 오늘따라 나래 아빠까지 일찍 귀가를 하여 집안은 여느 때보다 떠들썩했다.

"자, 맛있는 케이크를 사왔지. 첫눈 오는 날의 기념이다."

"역시 우리 아빠 최고야!"

"나도 이럴 줄 알고 약간의 다과를 준비해 놨단다."

"우리 엄마는 역시 알뜰하셔!"

나래는 함박웃음을 활짝 웃으며 엄마를 도와 응접실로 접시를 날랐다. 이윽고 동그랗게 모여 앉은 사람들은 한동안 아무 말도 하지 않고 서로가 서로에게 사랑의 눈길만 보내었다.

한없이 소중한 사람들끼리의 모임에 무슨 이야기가 따로 필요할까 싶을 만큼 실내는 훈훈한 기운만이 감돌고 있었다.

"우리 이렇게 멍청하게 앉아 있지만 말고 즐겁게 노래를 부르거나 게임을 하면 어떨까?"

시종 일관 흐뭇한 미소를 띠고 있던 아빠가 제안을 하며 나래에게 살짝 윙크를 했다.

"좋아요. 제가 사회를 볼 테니까 앞에 있는 음식일랑 맛있게 드시면서."

나래는 이제 권 선생님이나 우람이 때문에 마음 설레거나 화를 낼 정도로 생각이 복잡하지 않아서 좋았다. 지금은 누가 뭐라 해도 한 식구처럼 꽁꽁 묶여져 있는 관계가 아닌가.

"그럼 맨 먼저 합창을 하겠습니다. '창밖을 보라' 시이작!"

나래의 선창을 따라 하얀 눈이 펑펑 쏟아지는 창밖을 바라보며 모두들 즐겁고 명랑하게 노래를 부르기 시작했다.

"창밖을 보라, 창밖을 보라, 흰 눈이 내린다. 썰매를 타는 어린 아이들 해 가는 줄도 모르고."

나래가 일어서서 피아노 앞으로 다가갔다. 언니도 그 곁에 세워둔 기타를 집어 들었다.

"아, 영원히 변치 않을 우리들의 사랑으로 어두운 곳에 손을 내밀어 밝혀 주리라."

악기 반주에 맞추어 부르는 노래 소리는 마치 합창 경연 대회라도 나가기 위해 여러 날 연습한 팀처럼 화음이 잘 어우러졌다.

"그래, 성당 앞에서 만나자. 다른 건 다 준비됐지?"

나래는 수화기를 놓자마자 두꺼운 오버를 걸쳐 입고 밖으로 나왔다.

"저 아이가 왜 저러니? 누구 전화를 받은 거야?"

엄마가 걱정하는 소리를 뒤로 하고 그냥 달려 나오는 나래의 얼굴에 하얀 눈송이가 나비처럼 날아와 부딪치곤 했다.

'크리스마스를 가족과 함께 조용히 지내야겠지만 우린 어젯밤에 실컷 즐겼으니까. 언니가 엄마를 잘 설득시키겠지 뭐."

나래가 조금은 미안한 생각을 하며 슈퍼마켓 앞을 막 지나치려 할 때었다.

"강나래, 잠깐만!"

형석이었다.

"응, 너도 성당 앞으로 가는 길이지? 어서 가자. 약속 시간에 늦겠다."

"그런데. 저어."

형석이 따라오지 않고 멈춰 서서 망설이며 어물쩍거렸다.

"왜, 무슨 일이 있는 거야?"

"난 오늘 함께 가지 못할 것 같아서 여기에 미리 와서 널 기다린 거야."

"무슨 일인데?"

"실은 이번 크리스마스 때 우리 부모님께서 꼭 나오시기로 약속하셨는데 그 곳 사정이 좋지 않아서 나오실 수 없다는 연락을 받았거든."

"어떻게 된 일인데?"

"자세히는 모르겠지만 우리 아빠가 계시는 나라가 지금 경제 사정이 말이 아니고 한쪽에서는 굶어죽는 일이 허다하다는 거야."

"그럼 너희 부모가 계시는 곳이 소말리아란 나라니? 요즈음 한참 TV에서 보여주고 있는 나라 말이다."

"그 나라는 아니고 그 부근에 있는 나라야. 어쨌든 난 오늘 참석치 못한다고 대단히 미안해하더라고 말을 전해주어."

형석인 시무룩해진 표정으로 뒤돌아서서 천천히 걸었다.

"잠깐 기다려 봐, 그럼 넌 오늘 어디서 무얼 하려는 거야?"

"그저 눈을 맞으며 이곳저곳 쏘다니고 싶은 거야. 내가 자선냄비에 모으는 돈이 얼마나 될 것이며, 그 돈으로 혜택을 받는 사람이 얼마나 기뻐할지. 난 다 부질없는 것이라고 생각했으니까."

"고형석! 너 사나이가 왜 그렇게 마음이 좁은 거야? 너희 부모님이 못 나오시면 어디 영원히 못 나오신다던? 그렇다고 기분에 따라 아무렇게나 행동하는 게 어디 있어? 빨리 따라 와. 어서, 자, 빨리 가자!"

나래는 형석의 그 큰 몸집을 잡아끌 힘도 없으면서 팔을 잡아끌었다.

"이제 명동 거리로 나가면 기분이 나아질 거야. 그리고 보람된 일을 하다보면 그까짓 작은 걱정거릴랑 금방 사라질 테니까."

형석은 어쩔 수 없이 나래의 억지에 못이기는 척 천천히 발걸음을 옮겼다.

"우울한 기분일랑 빨리 털어버려. 저 노래 소리 좀 들어보렴. 온통 축제의 기분이잖아. 또 이렇게 함박눈이 포근하게 내려주니까 얼마나 좋으니?"

나래는 형석의 기분을 돌리기 위해 이런 저런 말을 떠벌리며 아이들이 기다리는 성당 앞까지 함께 걸었다.

"그런데 너희 아버지는 어려운 역경을 이겨내고 성공하신 분 중의 한 분이시라며?"

"누가 그런 말을 하던? 최 선생님이라도 만났었니?"

"아니야. 그저 조금 얻어 들었어. 참 우리 언제 최 선생님 댁으로 놀러가지 않을래? 넌 정말 가봐야 되지 않겠니?"

"그렇지 않아도 엄마, 아빠가 오시면 함께 내려갈 계획이었었는데 나라도 혼자 내려가는 수밖에."

"아니야, 혼자라니? 내 좋은 의견 하나 낼 테니 거절하지 말아야 한다. 알았지?"

"말해 봐!"

형석인 아직도 마음이 풀어지지 않았는지 무뚝뚝하게 대답했다.

"우리 선생님 너도 알지? 빈 선생님 말이다. 우리 선생님을 모시고 가면 최 선생님도 매우 기뻐하실 거라고"

"너희 선생님이 뭐 하러 그곳까지 가신다던? 쓸데없는 소리 마라."

"아니래도. 우리 빈 선생님으로 말하자면 총각 시절에 죽도록 사랑하던 애인과 본의 아니게 헤어져서 지금 흰 머리가 반백이 되도록 혼자 살아가는 분이시라고."

"그래? 그런데 왜 네가 최 선생님을 소개라고 하겠다는 거야."

"두 사람 사이엔 소개 같은 건 필요가 없다고. 서로 사랑하던 사이였으니까."

"뭐라고? 진짜야? 그렇다면 우리 아빠가 언젠가 언뜻 들려주던 이야기가 사실이었나 보구나. 최 선생님이 실연당해서 섬으로 자원해 갔다는 말이 맞나본데? 그럼 그 상대가 빈 선생님이란 말이지?"

"실연 당연한 게 아니었어. 사랑하는 이를 위해 자신을 숨겨야만 할 애처로운 사연이 있었단다. 너 '로맨스그레이'란 말 들어봤니? 난 아직도 그 두 분 늦지 않았다고 생각해."

"알았어. 그렇다면 이번 겨울엔 우리 부모 대신 빈 선생님과 최 선생님을 시골에서 뵐 거야. 하하하, 정말 멋있는 분들인 줄 예전엔 미처 몰랐는데?"

형석인 드디어 너털웃음을 웃어대며 기분 전환이 되었는지 앞장서서 걸었다.

"야, 너희들 1차로 데이트를 하고 오는 거냐? 눈 오는 날 기분 잡으며?"

"메리 크리스마스!"

동우의 놀림에 형석인 아랑곳하지 않고 손을 높이 들어 답례를 했다.

"야, 넌 메리 크리스마스인지 몰라도 우린 너희들 기다리느라 발에 동상이 걸렸다. 임마야!"

병혁이도 형석을 꾸짖듯 말했다.

6. 보육원을 찾아서

"자, 그럼 떠나자. 선생님이랑 선배님들은 앞차로 떠나셨다고."
"현희랑 소라는 안 나왔었니?"
"그 애들도 벌써 떠났지. 어디 여자애들이란 의리가 무엇인 줄 알긴 하나? 추워서 못 기다리겠다고 엄살을 떨며."
민수는 기다려준 대가로 형석에게 호떡을 사내라고 졸랐다.
"그런 돈 있으면 자선냄비 안에다 한 푼이라도 더 집어넣겠다. 자 따라 와!"
형석이 앞장서며 큰 소리를 치는 바람에 남자 아이들은 아무 소리도 못하고 뒤를 따랐다. 버스에서 내려 불빛 찬란한 거리로 들어섰다.
"아직 밝은 대낮인데 왜 이렇게 화려하니?"

"그야 크리스마스 날이니까 그렇지."

"야, 이렇게 가게마다 크리스마스 캐럴이 울려 퍼지는데 우리들의 노래 소리가 살아날까?"

"누구 목소리가 더 큰가 내기하는 건 아니잖아. 저기 중등반 김 선생님이 계신다."

민수가 먼저 김 선생님을 발견하고 달려가자 아이들도 그리로 달려갔다.

"길을 잃고 헤매진 않았니? 왜 이렇게 늦었어. 그럼 빨리 제 위치를 찾아 두 줄로 서고 각자의 악기를 꺼내도록 해."

대학 졸업반인 김 선생님은 성경책을 펴들고 아이들에게 지시를 했다. 현희와 소라는 머플러를 목에 두른 채 바이올린과 기타를 들고 나래 일행에게 눈짓으로 아는 체를 해왔다.

"구주 오심을 찬양하며 불우 이웃을 돕기 위한 뜻있는 이 행사에 참여해 주신 우리 형제들 정말 감사합니다. 지금부터 나의 선창에 따라 찬송가를 부릅시다. 지나가는 사람들의 발길이 자선냄비에 멈추고 말고에 신경 쓰지 마시고 오로지 최선을 다해 하느님의 복음을 전파하는 것입니다."

누가 억지로 시켜서 하는 일이 아니라고 자발적인 모임이라서인지 스무 명 가까운 신도들은 추운 줄도 모르고 악기로 연주하고 노래를 부르는 데 온 열정을 다 쏟아 부었다.

"기쁘다. 구주 오셨네. 만백성 맞으라."

지나가는 사람들은 가지각색이었다. 발을 멈추고 자선냄비 안에 돈을 넣는 사람도 있는가 하면 한참 동안 노래하는 사람들의 표정만 살피다가 그냥 지나가는 사람들이 더 많았다.

어린아이가 주춤거리며 자기의 호주머니를 뒤지는 걸 억지로 손을 끌어당겨 데리고 가 버리는 어른들도 있었고, 장난삼아 돈을 넣는 척 하다가 다시 빼어 가지고 돌아서는 망나니 남학생들도 있었다.

"아유, 저걸 그냥!"

현희가 노래를 부르다말고 혼잣말로 중얼거리자, 간간이 찬송가와 웃음소리가 섞여 나오기도 했다.

하지만 목발을 짚고 지나가던 장애인이 가누기 힘든 몸짓으로 돈을 넣을 때라든가 손수레에 몇 가지 장식품을 놓고 장사를 하던 아기 업은 아줌마가 성금을 넣기 위해 허리를 구부리는 모습은 보는 이의 가슴을 찡하게 흔들어 놓았다.

'자기보다 더 못한 이웃을 생각하는 마음이야말로 참사랑이 아닐까?'

나래는 오늘 하루 많은 것을 보고 느끼게 된 것이 여간 기쁘지 않았다. 값비싼 옷차림을 한 젊은이들이 떼를 지어 지나가면서도 눈 한 번 돌리지 않는 무정함도 있었지만 용돈을 타서 써야할 나이의 늙은 할아버지가 윗저고리 저 깊은 곳에 고이 간직해 두었던 지폐를 꺼내기 위하여 벌벌 떨리는 손으로 낡은 지갑을 꺼내는 모습 등은 오래도록 기억에 남을 것만 같았다.

다음 날은 자선냄비에 모아진 돈을 가지고 시내 변두리에 있는 어느 보육원을 찾아간다고 했다. 나래는 그동안 틈틈이 모아 저금을 한 통장을 들고 은행으로 먼저 갔다. 고등학교에 입학하여 꼭 필요한 물건이나, 사고 싶은 것이 있을 때 쓰려고 마음먹었던 돈이지만 모두 찾아서 보육원에 내는 돈에다 합쳐야겠다고 생각을 바꾼 것이다.

"와, 대단한 아이야. 과연 강나래는 학교에서나 밖에서나 알아주는 모범생이지."

소라도 은근히 부러워하며 나래에게 박수를 보내었다.

"서둘러야 거기 가서 그 곳 어린이들과 좀 놀아줄 수 있어. 해지기 전에는 돌아와야 할 테니까."

김 선생님과 같은 대학에 다니는 정 선생님이 어디서 빌렸는지 봉고차를 가지고 와서 재촉을 했다.

"다들 탔지. 가겠다는 사람이 모두 일곱 명 뿐이던가? 어쨌든 떠나야겠다. 벌써 10시가 넘었다."

김 선생님이 시계를 보며 출발을 외칠 때였다.

"선생님, 조금만 더 기다려요. 고형석이 꼭 가겠다고 했는데 아직 안 왔는걸요."

"야, 너 언제부터 형석일 그렇게 잘 챙겼냐? 어디 샘이 나서 견딜 수가 있겠나. 하여튼 넌 다른 여자애들보다는 의리가 있구나."

동우가 장난기 가득한 얼굴로 나래를 놀리자 소라도 맞장구를 치며 떠들어댔다.

"팔은 안으로 굽는다더니 모범생끼리 잘 해 보거라. 그런데 고형석이 지금까지 안 나타나는 걸 보니 틀렸다, 얘."

"저기 뛰어오는 눈사람이 고형석이 아니냐?"

"하하하하. 맞다, 맞아. 꼭 눈사람이 굴러오는 것 같구먼."

차 안에서 한바탕 웃어대는 이유가 무엇인지도 모르는 형석이 눈을 털털 털어내며 미안하다고 연신 허리를 구부리는 것이었다.

"늦잠을 잤지 뭐에요. 기다리게 해서 미안합니다."

"늦잠잔 건 잔거고 그 손에 든 가방은 무어냐?"

소라가 형석이 무겁게 들고 서있는 가방을 빼앗듯이 받아 들며 물었다.

"응, 별 건 아닌데 내 용돈을 털어서 선물을 조금 마련했어."

"선물? 무언데?"

나래도 궁금하여 소라 옆으로 자리를 옮겨 앉았다.

"좀 열어봐도 되겠니? 굉장히 무거운데 무얼까?"

"우리 차 안에서 심심한테 스무 고개로 맞추어 나가자."

"그게 좋겠다. 그럼 아무도 그 가방을 열지 말고 한 가지씩 형석에게 물어보는 거야."

"야, 재미있겠다. 그럼 내가 먼저, 식물성입니까? 동물성입니까?"

"양쪽 다 아닙니다."

"그렇다면 무생물이겠군요. 보육원에 가져가는 것이니까 아이들을 상대로 하는 걸 테고. 먹는 것입니까, 못 먹는 것입니까?"

형석인 싱글벙글 웃으며 여유 있게 대답을 해 나갔다.

"아, 알았다. 장난감 기차로구나!"

일곱 번째에 가서 현희가 맞추자 일동은 박수를 치며 웃었다.

"형석이가 그토록 자상할 줄은 전혀 뜻밖인데?"

김 선생님은 연방 고개를 끄덕이며 형석일 다시 보아야겠다고 말했다.

한 시간이나 지났을까? '마리아의 집'이라는 작은 나무판자가 왠지 을씨년스러워 보이는 집 안으로 들어갔다.

"어서 오십시오. 감사합니다."

머리에 하얀 수건을 두르고 앞치마에 젖은 손을 문지르며 안내하는 50대 중반의 여인이 원장이라 했다.

"죄송합니다. 자주 찾아뵈어야 하는데."

김 선생님과 정 선생님, 승희 언니는 벌써 여러 차례를 들른 적이 있는지 익숙하게 안으로 걸어갔다.

"안녕! 얘들아!"

"와! 선생님!"

손을 앞으로 내밀며 걸어오는 아이들의 절반이 구세주라도 만난 듯 반가워서 어쩔 줄 몰라 했다.

20여 명의 아이들 속에서 7, 8명은 부자연스러운 몸매에 지능도 약간 모자라게 보였다. 대학생들이지만 김 선생님과 정 선생님은 마치 그들의 아버지, 어머니처럼 아이들을 꼬옥 껴안으며 사랑을 나누어 주는 것이었다.

"자, 여기 여러분들의 형과 누나를 소개할게. 중학생들인데 아주 공부도 잘하고 앞으로 여러분들을 자주 찾아와 줄 착한 형제자매들이지요."

나래는 정 선생님이 자기 이름을 부를 때 가슴으로부터 찡하게 느껴오는 어떤 감동 같은 것을 속일 수 없었다.

'나도 커서 자선 사업을 할 거야. 남이 알아주던 말든 나에게 주어진 길을 열심히 살아가야지.'

부모를 잃은 건지, 부모가 버린 건지 확실치 않은 아이들을 데려다가 밤낮으로 힘들게 일하며 뒷바라지하는 그곳 선생님들이 한없이 존경스러웠다.

원장 선생님이라는 분은 거의 말이 없었으나 눈가에는 잔잔한 미소를 띠고 포근하고 인자한 할머니처럼 아이들 하나하나를 관찰하고 보살피며 사랑의 손길을 멈출 새가 없었다.

"할머니, 이런 음식은 누가 만들어 주어요?"

소라는 아예 원장 선생님이라 부르지 않고 보육원 아이들과 같이 할머니라고 부르며 질문을 했다.

"자원 봉사자들이지요. 넉넉하진 못하지만 끊이지 않고 찾아오는 사랑의 선물이 이 아이들을 살아가게 한답니다. 알게 모르게 헌금을 보내주는 이들도 있고 어느 날 아침엔 대문 앞에 김치통이 놓여 있기도 하고 과일 상자가, 또는 헌 옷이지만 깨끗이 손질한 옷상자를 갖다 주는 이들도 있으니까요."

"주님, 감사합니다. 아멘!"

성당에서 나온 사람들이 아니더라도 이런 때는 더 이상의 좋은 말이 없을 것 같았다. 아이들은 금방 정이 들었는지 일행이 떠날 차비를 하자 모두들 울먹거리는 표정으로 대문 밖까지 따라나섰다.

"잘 있어. 또 올게."

집으로 돌아오는 길에는 봉고차 안이 더욱 시끄러웠다. 보육원에서 한나절 함께 지어낸 어린이들의 예쁜 재롱과 개구쟁이 아이들의 흉내를 내면서 즐거워했고 지체 부자유 아이들의 딱한 사정을 이야기하며 종종 기회를 만들자는 건설적인 의견들을 내놓았다. 일 년 중 가장 보람된 날이었다고 생각한 건 나래뿐이 아니었다. 소라와 현희는 당장 집에 가서 보육원으로 가져갈만한 물건들이 있는지 찾아보아야겠다고 수선을 피웠다. 집에 오는 길에 나래는 길모퉁이 헌책방에 들러 한쪽 구석으로 쫓겨나 있는 낡은 동화책 몇 권을 골랐다.

"다 큰 아이가 웬 동화책인고?"

"쉬운 동화들을 여러 번 읽고 외워서 이 다음에 보육원에 가면 그 아이들에게 들려주려고요"

나래의 말에 헌책방 주인아저씨는 기특한 생각이라며 책값을 받지 않았다.

'따지고 보면 이 세상 모든 사람들의 마음씨는 하나같이 착하고 선했었나 봐. 다만 주어진 환경 속에서 부정적인 생각이 싹트고.'

나래는 또 성선설과 성악설을 어떻게 보아야할지 판단이 어려워 머리를 갸웃거리며 골목길을 걸었다.

'참. 이것도 병이지. 잠시도 내 머리를 쉬지 못하게 하는 이 버릇. 나는 왜 이렇게 물음표(?)가 많을까? 결국 물음표는 물음표로 끝나는 걸까?'

나래는 국민학교 때 질문이 너무 많다고 담임 선생님께 야단을 들었던 일을 생각해 내고는 저 혼자 입안 가득 웃음을 머금었다.

7. 신춘문예 당선

현관문을 열어주는 엄마의 얼굴이 보름달처럼 환했다.
"엄마, 무슨 좋은 일이라도 있으세요. 집안에?"
"그래, 어서 들어와 할머니 할아버지께 인사 드려라."
"네? 할머니, 할아버지요?"
"그렇대도."
어안이 벙벙해진 나래는 현관 앞의 낯선 구두들을 보면서 어디 먼 친척들이 오셨나 보다고 생각했다.
"안방 문을 열고 들어가라니까, 왜 부엌으로 오는 거야?"
"대관절 어디에서 오신 분들인데 엄마 얼굴이 그렇게 상기되어 있는 거예요?"

"글쎄, 날 따라들어 와!"

엄마는 작은 상을 들고 앞장을 서며 안방으로 들어갔다.

"어머님, 아버님, 나래가 들어왔어요."

"오우, 어서 오너라. 이 할아비 얼굴을 알아보겠느냐?"

"그럼요, 할아버지! 맞아요. 오늘 아침에 대문 옆 감나무 위에서 까치 한 쌍이 날아와 한참 동안을 깍깍거렸어요."

"그랬어? 벌써 숙녀가 다 되었구나. 그래, 내년엔 여고생이 된다지?"

3년 전에 잠깐 귀국하여 일주일 정도만 함께 지냈던 기억 밖에는 그리 깊은 정이 들지 않았던 할머니 할아버지인데 왜 이렇게 포근하고 따스한 정이 절로 스미는지 나래 자신도 이해할 수 없는 일이었다.

"이제부터는 다른 곳에 가지 않는다. 여기서 아주 눌러 살란다."

"정말 잘 오셨어요. 할머니!"

나래도 어린 아기처럼 기분이 좋았다. 어렸을 때, 할머니 할아버지가 있는 집 아이들이 얼마나 부러웠는지 모른다.

"참 아빠도 아시나요? 이 사실을?"

"물론이지. 비행장까지 나가서 어른들을 모셔오셨는데. 잠깐 회사에 들러 금방 오시겠다며 다시 나가셨단다."

"그럼 할아버지 할머니께서 오신다는 사실을 엄마 아빠는 미리 다 알고 계셨던 건가요? 오늘 비행장에 도착하신다는 것도?"

"물론이지, 내일이 설날 아니냐? 새해부터는 할머니 할아버지를 우리가 모시겠다고 얼마나 간청했는지 너는 모를 것이다."

"예? 정말이세요? 그래서 아주 나오신 거군요?"

"응."

7. 신춘문예 당선 73

어머니는 부엌에서 음식 장만을 하며 마냥 기분 좋은 아이처럼 들떠 있는 모습으로 가볍게 손을 움직였다.

"앞으로는 엄마가 힘드실 텐데 그렇게도 좋으세요?"

"얘야, 드디어 내 소원이 이루어졌는데 왜 기쁘지 않겠니?"

확실히 자기 엄마는 다른 평범한 엄마와는 좀 다른 데가 있다. 할머니 할아버지가 왜 나래네 삼촌인 작은 아들네 집으로 가셨는지 그 이유를 벌써 까맣게 잊은 건 아닐 텐데.

언젠가 스쳐들은 이야기라서 자세히는 알 수 없지만 할머니 할아버지의 노여움은 대단했다고 하지 않았는가. 지금은 저토록 멋쟁이 할머니 할아버지로 나타났지만 전에는 두 분 모두 완고한 고집쟁이였다고 들었다.

아빠가 엄마를 택하여 결혼하는 것부터 반대했던 할머니 할아버지는 엄마가 직장에 나가는 것도 싫어했으며, 더욱이 결혼해서 몇 년 동안을 아기가 생기지 않아 엄마를 아주 미워했다는 것이다. 그래서 나영 언니를 입양해 왔었는데 할머니 할아버지는 친손녀가 아니라며 별로 달갑지 않게 생각했단다. 그 후 직장을 그만두고 안정을 취하며 어렵게 잉태하여 생겨난 아이가 아들이 아니고 딸이었다는 게 나래 어머니로서는 감당 못할 죄인이 되었고 더 기다려 보았지만. 남동생은커녕 여동생도 더 갖지 못했으니 입이 열 개라도 할 말이 없었단다.

마침내 할머니 할아버지는 큰아들이 손자 하나를 안겨주지 못한다며 미국에서 살고 있는 작은아들 집으로 떠나버렸으니, 엄마의 심적 충격이 얼마나 컸겠는가. 그런데 지금 엄마는 그러한 과거가 언제 있었냐는 듯 천연덕스럽게 아니 오히려 그 반대로 할머니 할아버지를 반갑게 맞이하고 있지 않느냐 말이다.

'사람의 심리는 정말 알 수 없단 말이야. 나 같으면 그냥 작은아버지 댁에서 사시다가 돌아가시게 모셔오지 않을 텐데.'

그러나 나래는 금방 생각을 고쳐먹었다. 낮에 찾아갔던 보육원 원장님의 인자한 미소가 떠올라 나래는 스스로 자신을 꾸짖었다.

"할머니 할아버지께서도 염치가 없어 돌아오기 싫다는 걸 엄마의 한결같은 간청에 못 이겨 오신 거니까 우리도 잘 해드려야 해. 일주일이 멀다고 전화하고 편지 쓰고 하셨으니까."

나영 언니도 나래보다 더 기뻐하며 할머니 할아버지를 반기는데 친 손녀딸인 자기가 그 분들을 못 반기겠다는 말을 어떻게 입 밖에 내뱉을 수 있을까.

"작은아버지와 작은어머니도 흔쾌히 승낙하셨을까?"

"넌 모르고 있었니? 그 분들은 이번에 독립국가연합으로 떠나시게 되었다더라."

"그건 또 무슨 말이야?"

"그러니까 우리 민족이 많이 거주하고 있는 카자흐 공화국의 알마아타로 가신대. 거기서 우리 교포들을 가르치고 지도하는 교육원에 종사하실 계획으로."

"그 곳이라면 지난여름 엄마 아빠가 다녀온 유럽 여행에서 가장 인상 깊었던 곳이라고 했던 데 아니야?"

"맞아, 그 곳 우리 교포들이 어렵게 살고 있다고 들었지 않니? 아리랑을 부를 때 엄마는 울기까지 하셨다고."

"어쨌든 여러 가지로 잘 된 일이네, 뭐, 엄마가 소원 성취 하셨다는

데 그 이상 기쁜 일이 어디 있겠어. 그치?"

"얘, 나래야. 이리 좀 와 보렴. 엊그제는 할머니 할아버지도 오시고 손님들 뒷바라지에 신문을 제대로 못 봤었는데."

엄마는 헌 신문지를 차곡차곡 개어서 종이봉투에 담다가 말고 나래를 황급히 불렀다.

"무슨 기사가 났는데요?"

"여기 이 사진과 이름을 보아라. 신춘문예 소설 부문에 당선되었구나! 드디어 최경진이 말이다."

"네? 그게 정말인가요?"

"봐라. 이 계집애 또 나한테 연락 한마디 없이 당선 소감을 썼구나."

"엄마, 저 좀 봐요. 와. 최 선생님 만세!"

"그래, 나부터 읽어보고."

"제목도 근사해요, 엄마. '풀꽃 사랑' 혹시 우리 선생님, 빈 선생님과의 사랑 이야길 쓴 게 아닐까요?"

글쎄. 신문 한 면이 가득 하구나. 천천히 읽어보게 조용히 좀 해라."

"알았어요. 엄마, 엄마는 20년 전에 시로 당선되었는데 또 같은 신문에 최 선생님이 소설로 당선되었으니 그 쪽 고향 사람들 대단하신 실력이야."

"애야, 좀 나가 있다 오지 않겠니?"

엄마는 그렇게 말하시며 신문을 펴들고 안방으로 들어가는 것이었다.

"엄마는 꼭 자신이 당선된 것처럼 얼굴이 상기되셨네."

나래는 잠시 입을 비쭉거렸을 뿐 어느새 수화기를 들고 시외 전화를 돌렸다.

"네, 선생님 지금 안 계신다구요? 잘 알았습니다. 강나래라고 전해 주세요."

시골로 전화를 걸어 축하 인사를 하려 했으나 선생님이 외출중이라 했다.

"정숙이니? 나야 강나래. 너 신문 못 봤니? 최경진 선생님이 신춘문예에 당선됐다고."

"뭐야? 정말이냐? 무슨 신문인데?"

"J신문이야. 너희는 그 신문 안 보는 거야?"

"우리는 H신문이거든! 난 그런데 별로 관심이 없어서 집에서 보는 신문도 들쳐보지 않는걸."

"아유, 저 맹추! 여학생이 그런데 관심을 가져야지. 하기야 나도 정신이 없어서 못 보았는데 우리 엄마가 먼저 발견한 거야."

"그럼 서울에서 시상식을 가질 게 아니겠니?"

"그야 물론이지."

"날짜와 장소는?"

"잘 몰라. 엄마한테 물어 봐야지. 아참, 너보다도 빈 선생님께 먼저 알려야 하는 건데."

"왜? 우리 선생님이 최 선생님을 어떻게 아신다니?"

"응, 너는 잘 모르지. 알았어. 전화 끊는다."

나래는 진땀이 나서 금방 수화기를 놓아버렸다. 최 선생님과 빈 선생님 이야기는 엄마가 나래한테만 들려준 비밀 이야기였으니 말이다.

이윽고 엄마가 거실로 나와 나래에게 신문을 넘겨주었다.
"최 선생님과 빈 선생님의 사랑이 그냥 풀꽃 사랑으로 그치면 안 되겠지요?"
"그래, 경진이 마음이 그 글 속에 다 담겨져 있구나."
"엄마와 최 선생님의 우정이야 말 안 해도 다 알아요. 서로의 기쁨과 슬픔이 자신의 것인 양 마음을 써주지 않나요?"
"그렇지도 못해. 어쨌거나 이번 겨울 방학 때는 경진이나 빈 선생님이나 가면을 벗어야 할 텐데-."
"네? 가면이요?"
"그렇지 않고, 겉과 속이 다른 내숭들이니까 가면을 뒤집어쓴 거나 다를 게 없지."
"참 엄마도. 왜 그렇게 표현을 하세요? 엄마, 제가 이제부턴 서둘러도 되겠지요? 빈 선생님께 시상식 때 참여하시라고 연락을 드리고 싶어요."
나래의 의견에 어머니는 한참 동안 심사숙고 하더니 이윽고 알아서 하라며 고개를 끄덕여 주었다. 다시 정숙에게 전화를 했다. 정숙은 조금 전에 일은 까맣게 잊은 듯 웬일이냐며 반가워했다.
"나하고 밖에서 만나자. 우리가 해야 할 일이 있거든!"
"무슨 일인데?"
"만나면 알게 돼. 우리 지난번에 모였던 장소 알지? 나영 언니가 아르바이트 하던 그 경양식집 말이야. 최경진 선생님의 글이 실린 신문을 그리로 가지고 나갈 테니까 기대하라고."
"그래? 알았어. 그럼 거기서 만나자."

앞뒤 재지 않고 금방 나오겠다는 정숙의 성격이 시원스러워 좋았다. 이번엔 형석에게 전화를 했다. 형석한테는 이미 자연스럽게 빈 선생님과 최 선생님의 관계를 말해버린 탓도 있지만 어차피 꼭 알아야 할 사람이니까 말이다. 형석인 그렇지 않아도 최 선생님 당선 소식을 먼저 알고 전화를 걸까 망설이던 중이였다고 대답했다.

"잘 됐다. 그럼 네가 빈 선생님께 전화해서 그 사실을 알려라. 알았지? 시상식에 빈 선생님이 참석을 하느냐 못 하느냐는 네 실력에 달려있는 거다."

나래는 형석에게 단단히 이르고 정숙과 만나자는 곳으로 나갔다.

"여기야. 여기!"

밝은 곳에서 들어온 탓인지 안이 어두워서 잘 보이지 않았다. 정숙은 나래가 앉자마자 신문을 빼앗듯 가져가 최 선생님의 사진을 빤히 들여다 본 뒤 말하는 것이었다.

"아깝다. 이 고운 얼굴이 할미꽃처럼 조용히 시들어가다니."

"너 지금 무슨 소릴 하는 거야?"

"아무리 똑똑하고 잘 났으면 뭐 하냐? 세상에 태어나서 사랑 한 번 못해 보고 들에 핀 풀꽃처럼."

"어머나, 그러고 보니 너도 무언가를 아는 사람 같구나. 뒷장을 넘겨보라고. 제목이 '풀꽃 사랑'이라니까."

"그래? 와! 나한테 내가 놀랄 일이로구나."

"하하하. 웃기긴. 그런데 내용을 읽어보면 알겠지만 월남 파병 군인이 여주인공에게 일주일이 멀다하고 보낸 편지 속에는 항상 잘 말린 야생 풀꽃이 한 송이씩 들어있었단다."

"야, 그것 참 멋진데, 그런데 최 선생님이 그런 소설을 쓸 생각을 어떻게 해냈을까?"

"바로 그게 오늘 내가 너를 불러낸 용무 중에서 초점이랄 수 있는 문제지."

"문제라니? 참 너 무슨 할 일이 있다고 그랬지?"

정숙은 눈으로는 신문의 글자를 따라 읽어가면서 나래의 이야기에는 건성으로 답하는 것 같았다.

"그 신문은 집에 가서 읽고. 실은 말이다. 그 소설 속의 여주인공과 남주인공이 바로 우리가 아는 실제의 인물이란 말이다."

"뭐라고? 그게 누군데?"

"숨길 것도 없지. 최 선생님과 우리 현재의 담임 빈 선생님이란다."

"뭐야? 얘가 지금 누굴 놀리고 있어? 하기야 너도 소설가로서의 소질은 다분하다니까."

"정말이래도. 그래서 말인데 내일 모레면 서울에서 시상식이 있거든."

"믿어지지 않는다만. 어쨌든 신문사에선 시상식을 가지겠지."

"그곳에 빈 선생님도 나오실 거야. 형석에게 단단히 일러 놓았으니까."

"고형석 말이냐? 그 남자애도 그 사실을 알고 있어?"

"처음부터 말하자면 복잡하니까 거두절미하고 형석인 최 선생님의 어머니가 돌봐준 사람의 아들이라서 서로 잘 아는 터이고, 또 빈 선생님 이야긴 내가 들려주었지."

"뭐가 뭔지 잘은 모르겠지만 그렇다고 치고 내가 할 일은 무어냐?"

"내가 아니라 우리야. 우리들이 힘을 합쳐서 두 사람이 다시 옛날처럼 서로 사랑하는 사이로 만들어주는 거야."

"그럼 지금은 사랑이 식은 사이라니?"

"그건 아니고 보다 적극적으로 만나게 해 주자는 말이지. 어차피 두 사람 다 혼자 살고 계시니까."

정숙이 중간에 엉뚱한 질문을 하는 바람에 나래는 몹시 힘이 들어서 송글송글 맺힌 콧잔등의 땀을 손수건으로 씻어내야 했다.

"결론은 두 사람이 결혼을 하도록 도와주자 하는 이야기지?"

"응, 알아들었니?"

"그 말을 하는데 네가 왜 그렇게 힘들어 하니? 다 큰 성인을 넘어 인생의 뒤안길로 접어드는 나이인데 두 사람 모두 어련히 알아서 처리할 일을 가지고."

정숙은 나래의 속 타는 마음을 아는 건지 모르는 건지, 능청을 떨었다.

"야, 여기서 점심을 해결치 못할 것 같으면 어서 일어나자. 음료수 한 잔으로 족하니까. 구체적인 이야기는 걸어가며 하자구나."

정숙이 벗어놓았던 오버를 들어 올리며 독촉을 하자 나래도 함께 일어섰다. 항상 그랬듯이 정숙의 현명한 판단과 기발한 아이디어를 기대하면서.

8. 반가운 까치소리

"깍깍 깍깍!"

나래네 마당 대문 옆에 있는 감나무 위에서 까치 한 쌍이 일찍부터 찾아와 짖고 있었다.

"오늘도 무슨 반가운 소식이 들리려나? 까치 소리가 유난히 명쾌하게 들리네!"

"글쎄 말이에요."

엄마와 나영 언니가 부엌에서 이야기를 주고받았다.

"엄마, 오늘 오후에 최 선생님이 오시기로 하셨잖아요. 내일이 시상식 날짜 맞지요?"

"어머나, 내 정신 좀 보게. 그래 맞다. 부지런히 청소를 해놓고 마중 나갈 채비를 해야지."

"엄마는, 우리 선생님이 이곳을 못 찾아올까 봐서요. 반년이 넘도록 우리 동네에서 사셨는데."

"그야 그렇지만 지금은 반가운 손님 아니니? 내 운전하고 나가서 모셔와야지."

"우리 엄마도 못 말리실 분이지. 누가 오신다면 그리도 좋으신지 꼭 어린애 같단 말이야."

"참 할머니 할아버지는 요즘 어디에 가 계세요?"

오히려 나영 언니가 할머니 할아버지를 더 챙겼다.

"그동안 못 만나본 친척들 댁을 한 바퀴 빙 돌아보고 오신댔으니까 일주일쯤 후에나 오시겠지."

엄마와 언니, 나래는 방 하나씩을 맡아 청소를 끝내고 거실과 부엌의 문을 활짝 열어 환기시켰다.

"자, 이만하면 개운하지. 얘들아, 내 친구들 이야길 들어보면 아들만 있는 집은 삭막하기 그지없단다. 저희들이 어지럽힌 자리도 치울 생각을 안 한데."

"엄마는 딸만 둘 가진 게 자랑스럽다, 이 말씀이신가요?"

"그렇지. 방학이 되어 너희들이 집안일을 거들어 주니까 왜 이리도 행복하고 흐뭇한지."

"아유, 최 선생님 앞에설랑 그런 말씀 아예 꺼내지도 마세요."

"그야 물론이지."

엄마는 언니와 나래를 번갈아 쳐다보며 정말로 행복하다는 표정을 짓고 있었다. 오후에 엄마가 운전을 하는 차를 타고 나래와 나영이

8. 반가운 까치소리

서울역으로 최 선생님을 마중 나갔다.
"전철을 타고 가면 금방인데 셋이나 뭐 하러 나와?"
엄마와 최 선생님은 사랑하는 사람들끼리 포옹을 하듯 한참 동안 부둥켜안고 반가워했다.
"정말 축하한다. 넌 꼭 해내고 말거라고 생각해 왔었지만."
"해내긴. 그 방면으로야 윤희 네가 대선배님이시지."
"호호. 그런가? 추운데 어서 가자."
최 선생님은 차 안에서 나래와 나영의 손을 꼬옥 붙들어 쥐고는 아무 말도 하지 않았다.
무슨 행사가 있는 전날 밤은 일찍 자두는 게 좋다고 하던 어른들도 오랜만에 만난 친구들끼리는 어쩔 수 없는가 보다. 언니와 하룻밤을 지내라고 말만 그렇게 했을 뿐, 엄마는 아예 언니를 나래 방으로 내쫓고는 밤 깊은 줄 모르고 선생님과 이야기를 나누는 것이었다.
"문 앞에 바짝 붙어서 엿들어 볼까? 무슨 할 말이 저리도 많을까? 분명히 빈 선생님 이야기도 섞여 있겠지?"
나래가 궁금히 여기며 언니를 흔들 때마다 못들은 척하며 돌아누워 버리는 언니가 조금은 야속하게 느껴졌지만 언니는 지금 잠이 든 게 아니고 무슨 생각인가를 골똘히 하고 있는 것 같아 여러 말을 건넬 수가 없었다.
한편 형석은 나래가 알려 준 전화번호로 다이얼을 돌리고 또 돌렸으나 아무도 받는 이가 없었다.
형석은 나래와의 약속 때문에 온종일 전화기 옆에서 다이얼을 돌렸다.

결국 늦은 밤 시간에 빈 선생님과 어렵사리 통화를 할 수 있었다.

"저, 9반의 고형석입니다. 안녕하셨어요?"

"그래, 네가 웬일이지?"

"실은 국어 선생님께 긴급한 이야길 상의 드리고 싶어서요. 한번 만나 뵈었으면 하는데 괜찮겠습니까?"

"글쎄다, 무슨 일인지는 모르겠지만 꼭 나하고 이야길 해야겠니?"

"그럼요, 선생님!"

형석이 워낙 공부 잘하는 수재라서 전교 선생님들이 대부분 다 알아주기도 하지만 빈 선생님은 남자반 두 반, 여자반 두 반을 맡아 국어 수업을 들어가는데 마침 9반도 담당했으므로 형석일 모를 리 없었다.

"저 녀석 뒤늦게 전학해 온 놈이 우리 반 강나래를 재끼다니."

선생님은 형석의 믿음직스러운 태도에 무척 호감을 갖고 자상하게 대해준 까닭에 형석도 빈 선생님을 잘 따랐다.

"선생님 댁으로 직접 찾아뵙고 싶은데요."

"야, 이 녀석아. 홀아비가 혼자 자취하는 곳엔 뭐 하러 오니? 냄새만 날 텐데. 어디 가까운 다방에서나 만나야지."

"네? 선생님 혼자 사세요?"

형석인 능글맞게 모르는 척하며 핵심을 찍었다.

"아, 아니다. 내가 그만 실언을 한 거다. 여학생이 아니라서 마음 놓고 이야길 하다 보니."

"그럼, 내일 아침에 만나 뵙겠습니다."

빈 선생님이 당황해 하는 목소리로 장소와 시간을 알려 주자 형석인 주어진 과제를 해결하는 아주 좋은 실마리가 잡힌 듯 은근히 기분이 좋았다.

내일은 특별히 멋지게 차려 입고 나오라는 말을 못해둔 것이 좀 꺼림칙했으나 오히려 그 쪽이 더 자연스러울 것 같은 생각에 마음을 놓기로 했다.

형석이 빈 선생님을 만나기 위해 부지런히 집을 나서는데 뒤에서 삼촌이 불러 세웠다.

"야, 너 과기고에 합격했다고 마음 놓아서는 안 된다. 이번 겨울 방학을 어떻게 활용하느냐에 따라서 앞으로의 성패가 좌우될 수도 있다고."

"잘 알고 있어요. 삼촌, 내일부터는 일과표대로 꼭 실천하겠습니다."

형석인 머리를 박박 긁으며 겸연쩍은 모습으로 '하하하' 웃었지만 속으로는 삼촌이 무척 고마웠다.

삼촌이라고는 하지만 가까운 일가친척도 아닌데 항상 마음 써주며 앞날을 걱정해주니 어떤 때는 멀리 떨어져 있는 부모님보다도 더 가깝다는 생각이 문득문득 들기도 했다.

농사를 짓고 있는 부모에게 커다란 희망이며 삶의 등불일 수밖에 없다고 종종 말하면서도 부모님에게는 미안하지만 의사가 되면 산간벽지나 낙도에 들어가 무료 봉사를 하는 게 자신의 목표라는 의대 졸업반인 삼촌이 그저 믿음직스러울 따름이었다.

"나무가 어디에서 자라느냐에 따라 큰 재목이 될 수도 있는 법, 넌 모범생인 저 삼촌한테서 많은 것을 배우고 본받아야 한다."

형석은 아버지가 입버릇처럼 하는 말을 떠올리며 아버지의 사람 보는 눈이 대단함을 부인할 수 없었다. 형석이 아버지 어머니 생각을 하며 걷고 있을 때 누군가 뒤에서 부르는 소리가 났다. 돌아보자 빈 선생님이었다.

"잘 만났구나. 어디 다방까지 들어갈 것 없이 간단한 이야기 같으면 여기서 듣기로 하고 시간을 내야 되겠으면 저기 분식집이 어떠냐?"

빈 선생님은 털털하게 보였지만 평소 때처럼 잠바 차림은 아니라서 다행이었다.

"선생님, 분식집도 필요 없고요. 단도직입적으로 말씀 드리자면 오늘 선생님을 모시고 한 군데 꼭 가고 싶은 곳이 있거든요."

"그래? 그 곳이 어딘데?"

"신문사예요. 부모와 함께 가야겠지만 선생님도 알다시피 저는 지금 부모님이 곁에 안 계시기 때문에."

"그야, 알고 있지. 아니 무슨 좋은 일이라도 생긴 거야? 너 혹시 무슨 경진 대회라도 나가서 상을 받게 된 거냐? 신문사에서 주최하는"

"경진 대회는 아니고요, 경진이라는 낱말과 관련이 있어요."

"이놈이 실없이 농담을 하고 있어. 만일 꼭 가야 할 곳 같으면 내 집에 들어가 정장으로 바꿔 입고 나와야 하지 않을까?"

빈 선생님은 금세 형석의 아버지라도 된 것처럼 정색을 하며 스스로의 옷차림을 점검하는 것이었다.

"제가 보기엔 그 차림도 괜찮은 걸요. 위아래 같은 색깔 보다는 오히려 더 멋져 보여요."

"하기야, 내가 주인공이 아니라 네가 주인공이지. 하마터면 주객이 전도될 뻔 했구나. 하하하."

일이 이렇게 잘 풀릴 줄 알았으면 이틀씩이나 전화기 앞에서 초조하게 매달리지 않아도 되었을 걸 하는 생각을 했다.

"기왕 참석하려면 시간에 늦지 않아야지, 몇 시까지냐?"

"시간은 충분해요. J신문사인데 시상식이 11시에 있다고 했으니까, 아직도 한 시간은 남아 있으니까요."

"시상식이야? 좌담회나 인터뷰가 아니고?"

"아, 네, 맞아요. 시상식."

형석은 이런 때 나래라도 곁에 있으면 말을 받을 수 있을 텐데 어떻게 변명을 해야 할지 몰라 얼굴색부터 빨개졌다.

"어쨌든 넌 장한 아이야. 그렇다면 꽃다발이라도 하나 마련해야지."

"꼭 그러실 필요까지 없지만, 거기 신문사 옆에도 화원은 있을 거예요."

형석은 일이 제대로 되어간다 싶어 내심 반가워하며 꽃다발 만드는 것도 힘들이지 않고 척척 해냈다고 큰 소리 칠 생각을 하니 저절로 웃음이 나왔다.

"그래, 그렇게 하자꾸나. 그런데 너희 부모한테는 알려 드렸어? 내가 이토록 기쁠 때야 너희 부모님께선 얼마나 보람이 있으시겠니?"

"네, 알려드렸어요."

이쯤에서 이야기가 삼천포로 빠지지 않도록 마무리를 잘 해야만 될 것 같았다.

"빨리 가시지요, 선생님."

빈 선생님이 택시를 잡아타자는 걸 억지로 말려 형석은 전철을 탔다. 앞으로도 지금처럼 일이 잘 풀리면 다행이겠지만, 만일에 하나 화를 벌컥 내시기라도 하면 큰일일 텐데, 경비 지출까지 너무 심하게 해드리면 아니 될 성싶어서였다. 여느 날이나 마찬가지로 전철 안은 매우 붐볐다.

"아저씨, 여기 앉으세요."

마음씨가 제법 고와보이는 여학생이 자리를 양보하며 빈 선생님을 쳐다보았다. 언뜻 보기에는 흰 머리가 희끗희끗하여 나이 들어 보이지만 얼굴만은 동안이라서 아직은 자리를 양보 받을 처지가 아니었다.

"고마워요. 난 서서가는 게 더 편하거든요."

빈 선생님은 역시 멋쟁이였다. 호주머니에서 껌을 꺼내어 자리를 양보하려던 여학생과 형석에게 나누어 주면서 빙그레 웃었다. 빈 선생님은 수업 시간과는 달리 개인적으로는 너무도 인자하고 자상하다는 생각을 형석은 다시금 해보았다.

"자, 신문 있어요. 신문이요!"

신문 파는 소년에게 빈 선생님이 손을 내밀었다.

"선생님, 기왕 사시려면 J신문을 사보시지요."

"아, 그렇구나. 오늘만은 J신문을 사보아야지."

빈 선생님이 여기까지 형석에게 속아 따라온 것도 단순한 이유 하나 때문이었다.

형석은 신문사 앞에서 빈 선생님이 화원으로 들어가자마자 나래와 약속한 그 옆 다방으로 들어갔다.

"야, 너 오랜만이다!"

정숙이 먼저 알아보고는 아는 체를 해왔다.

"시간 없어. 빈 선생님께서 지금 꽃다발을 준비하고 계시거든!"

"최 선생님에 관해 이야길 꺼낸 거야?"

"그거야. 너희들이 맡아야지. 난 선생님을 이곳까지 모셔오는 것으로 책임을 다한 거 아니야?"

"그래, 좋다. 나가자!"

정숙과 나래 그리고 소라와 현희는 왁자지껄 일어섰다.

"언제 이렇게 많이 모였니?"

형석은 쑥스러운 듯 머리를 긁적였다.

"그러면 너와 나래만 만나려고 했었니? 시상식장으로 올라가 보시라고. 올만한 사람들은 다 와 있을걸!"

확실히 여학생들은 못 말릴 존재들이다. 어느새 연락이 다 되어 또 극성을 부리는지.

"난 이제부터 어떻게 해야 하냐?"

"구경이나 하고 떡이나 얻어먹어."

정숙이 자신만만하게 화원 쪽으로 걸어갔다.

"하여튼 애 많이 썼다. 어떻게 해서 모셔 왔니?"

나래는 아무래도 신통하다 싶어 형석에게 물었다.

"내가 상을 받는다 했지. 부모님 대신 참석해 달라고."

"그랬어? 호호호. 우린 빈 선생님이 안 나타나시면 어쩌나 하고 얼마나 마음을 졸였는데."

화원에서 꽃다발을 안고 나오던 빈 선생님의 눈이 휘둥그레져 있었다.

"너희들이 무슨 일인고? 형석이 시상식에 몰려온 거야?"

빈 선생님은 자기 반 여학생들이지만 이해를 못하겠다는 표정으로 고개를 갸웃거렸다.

"선생님, 축하합니다. 행운이 있으시길 진심으로 빌겠어요."

정숙은 엉뚱한 대답으로 시치미를 뚝 떼며 말하자 빈 선생님은 형석을 빤히 쳐다보았다.

"실은요. 선생님, 전 이 아이가 시키는 대로."

나래를 가리키며 얼굴이 빨개지는 형석을 보고 여학생들은 웃음을 참느라 애를 썼다.

"10분 후면 알게 되어요. 아니, 식장으로 지금 올라가 보시면 알아요. 오늘은 신문사에서 개최하였던 신춘문예 당선자에 대한 시상식이 있거든요."

"그럼 형석이가 어느새 글을 써서 응모를 했다는 거야?"

빈 선생님은 더욱 놀라며 형석을 주시하였다.

"저어, 죄송합니다. 선생님."

형석은 어쩔 줄 몰라 하며 뒷걸음질을 쳤다.

"선생님, 빨리 올라가세요!"

빈 선생님은 여학생들에게 떠밀려 식장이 마련된 3층으로 올라갔다.

9. 아낌없는 박수

 무언가 분위기가 이상하다는 걸 눈치 챈 빈 선생님이 아이들을 둘러보며 무슨 말을 꺼내려할 때였다.
 "안녕하셨어요? 선생님, 참 잘 오셨어요. 그렇잖아도 오셨으면 했었는데."
 나래 엄마가 달려 나오며 마치 자기 집을 방문한 손님을 맞아드리듯 반가워하였다.
 "아니, 나래 어머님까지? 도대체 어떤 사람이 주인공입니까? 이놈들이 자꾸만 날 놀려대는 것 같아서 혹시 나래 어머님이?"
 식장 앞에 적혀 있는 '신춘문예 당선자 시상식'이라는 글씨를 확인하며 빈 선생님이 답답하다는 표정을 지었다.

"아직 5분이 남았군요. 실은 경진이가 소설 부문에 당선이 되었어요. 저기 다른 부문 당선자와 함께 단 위에 앉아 있지 않나요?"

엄마가 시끌벅적한 시상식장으로 빈 선생님을 안내하며 해명을 했기 때문에 아이들은 다 같이 후유! 하고 긴 숨을 내쉬었다.

"그랬었군요. 좀 더 일찍 알려주시지 않고요."

식장이 질서를 찾고 조용해지자 빈 선생님은 나래 엄마의 옆에 앉아서 최경진 선생님을 연모하는 눈빛으로 바라보는 것이었다.

"난 선생님이 화를 낼까 봐 얼마나 가슴이 두근거렸는지 알기나 하니? 정말로 10년 감수했다."

맨 뒷자리에 서 있는 사람들 틈에 끼여서 형석이 여학생들에게 솔직히 고백을 하는 바람에 아이들이 한꺼번에 까르르 웃었다.

"자, 지금부터 시상식을 갖겠습니다. 모두들 식에 동참하여 주시기 바랍니다."

사회자가 나타나자, 앞자리에 앉아 있는 사람들이나 앉을 자리가 없어 서있는 사람들이나 모두 숙연해졌다.

"시상식에 앞서 본사 사장님의 말씀이 있겠습니다."

사장님의 말씀이건 심사위원들의 말씀이건 간에 너무 길어지지 않으면 다행이므로 여기겠다고 누군가가 뒤에서 중얼거렸기 때문에 여학생들은 또 가만히 있지 못하고 낄낄낄 웃어댔다. 결국 사회자의 날카로운 눈길이 아이들 쪽으로 고정이 되자 여학생들은 정신을 바짝 차리고 숨을 죽이었다.

"다음은 시상을 하겠습니다. 먼저 소설 부문에 최경진 씨!"

"와아!"

아이들은 기다렸다는 듯이 함성까지 지르며 손바닥이 아프도록 손뼉을 쳤다. 권영일 선생님과 나영 언니가 나란히 나가 최 선생님에게 꽃다발을 안겨 주었다. 나래 아버지도 어느새 나타나 비디오카메라에 그 장면을 담고 있었다.

"야, 빈 선생님이 꽃다발을 드려야지"

아이들은 안타까워하며 빈 선생님 쪽을 바라보았다. 시상식이 모두 끝나고 밖으로 나가려는 사람들끼리 우왕좌왕 하고 있을 때였다.

"얘들아, 저기 좀 봐!"

현희가 놓칠세라 가리키는 곳에서는 나래 언니와 우람이, 권 선생님과 언니 등이 빙 둘러서 있는 가운데서 빈 선생님이 최 선생님에게 아까 마련했던 그 꽃다발을 넘겨주고 있었다.

"우와! 박수! 선생님 축하드려요."

여자아이들은 다시 식장 안으로 몰려 들어가며 아낌없는 박수를 두 분 선생님께 보내고 또 보내는 것이었다. 신문사를 빠져나와 가까운 음식점에 들렀다. 오늘은 나래 아빠가 한턱을 크게 쓰겠다고 했기 때문에 열 명도 넘는 나래의 친구들은 또 손뼉을 치며 좋아했다.

"선생님, 정말로 축하해요!"

"그래, 고맙구나. 공부들 열심히 하고."

최 선생님은 변함없이 공부 이야기로 일축했지만 눈가에는 눈물이 맺혀 있었다. 어쩌면 이팔청춘 젊은 시절부터 사모해 오던 빈 선생님과 이런 좋은 날 마주 앉아 있기 때문에 더욱 감격스러워 그러는 지도 모를 일이다.

"자, 우리 건배를 합시다!"

나래 아버지가 걸걸한 목소리로 즐거운 분위기를 보다 고조시켰다.

"그럼 축하의 노래도 있어야겠지?"

여자아이들은 모두 일어서서 약속이나 한 것처럼 합창을 했다. 별안간 '스승의 은혜는 하늘같아서.' 하고 노랫소리가 나오자 다른 식탁에서 식사를 하던 사람들이 모두 이쪽을 바라보았다. 앙코르가 나오지도 않았는데 누군가가 '시이작!'을 하자 아이들은 이어서 '속삭이는 앞날의 복음자리!' 하면서 결혼 예식장에서 흔히 부르는 축가를 불러대는 것이었다. 그러자, 형석이 음료수를 들고 빈 선생님과 최 선생님 앞으로 가서 무릎을 꿇고 앉아 "축하합니다!" 하며 잔을 채워 권하는 모습이 제법이었다. 아이들이 앉자마자 우람이 질세라 권 선생님과 나영 누나를 함께 일으켜 세우며 오늘같이 기쁜 날 그냥 앉아 있는 게 어디 될 말이냐고 졸랐다. 아이들은 또 박수를 요란스럽게 치며 '권영일 고, 영일 고! 강나영 고, 나영 고!' 를 외쳐댔다.

나래 부모나 선생님들은 전혀 무슨 말인지 알아듣지도 못하는 외침이었지만 아이들 사이에서는 이미 유행이 되어 있는 말임에 분명하였다.

"'안 나오면 쳐들어간다. 쿵짜가 짝짝!' 하고 우리들이 노래 반주로 쓰던 그런 것과 같은 것인가 본데. 하하하!"

나래 아빠가 일부러 웃기는 말을 하자 권 선생님이 이어서 말했다.

"저희 때는 '노래를 못하면 장가를 못 가요. 장가를 못 가면 아기를 못나요.' 하고 소리를 쳤지요."

권 선생님이 나영 언니를 바라보며 능글맞게 말꼬리를 늘이는 바람에 일동이 모두 웃어대자 나영 언니는 금방 얼굴이 빨개졌다.

"동구 밖 과수원길 아카시아꽃이 활짝 폈네."

권 선생님의 선창을 따라 '과수원길' '고향의 봄'을 합창하는 노랫소리는 다른 사람의 기분까지 활짝 펴게 만들어 다른 손님들까지 여기저기서 콧노래가 흘러 나왔다.

"끝으로 오늘의 주인공이신 최경진 선생님께 한 말씀 부탁드리겠습니다."

어디서나 반죽이 좋은 형석이 자칭 사회자가 되어 최 선생님을 일으켜 세우는 것이었다. 최 선생님은 일어서서 한참동안 먼데 창밖을 바라보며 마음을 진정시키는 듯하더니 이윽고 입을 열었다.

"조금 전에 당선 소감으로 간단히 말했지만 난 항상 내게 주어지는 모든 일에 감사하는 마음을 떨칠 수가 없답니다. 모자라지만 내 부족한 능력을 하느님이 믿어주시는 것 같아서요. 특히 이 자리는 내가 평소에 가장 그리워하고 사랑하는 사람들의 모임이기에 더더욱 가슴 뭉클할 뿐, 긴말이 무슨 소용 있겠습니까?"

최 선생님이 앉자마자 형석은 빈 선생님을 일어서게 했다. 일동은 모두 두 사람에게 박수를 보내며 빈 선생님의 입에서 무슨 말이 나올까 궁금한 표정을 숨기지 않았다.

"정말 뜻깊은 자리가 아닐 수 없습니다. 한마디로 표현하자면 난 더 이상 외롭지 않을 것입니다."

"와아! 우리 선생님 멋지다!"

모인 사람들은 하나같이 그 말의 숨은 의미를 알아들을 수 있었기 때문에 뜨거운 박수 소리는 금방 그치지 않았다.

"나래랑 너희들 선생님을 따라가서 좀 놀다 오지 않으련?"

최 선생님이 떠나면서 아이들의 의견을 물었지만 아이들은 서로서로 눈치를 보며 도리질을 했다. 지난여름이야 최 선생님이 혼자였지만 이제는 빈 선생님이 있지 않은가 말이다. 공연히 두 사람의 귀한 시간을 빼앗고 싶지 않았던 것이다.

"얘, 나래야. 너 소식 들었니? 전화연 말이다. 연합고사 성적이 200점 만점이란다."

"뭐라고? 그게 정말이니?

"그렇대도. 어제가 후기 주간 합격자 발표일이었잖니?"

"응, 그랬었지. 정말 잘 했구나. 그 아픈 몸으로 만점을 맞다니, 정말 대단한 아이야."

"그러게 말이다. 그리고 퇴원 날짜도 얼마 남지 않았더라."

"그래? 그럼 우리 퇴원하기 전에 병문안 겸 축하를 해주러 병원에 한 번 가보지 않겠니?"

"그렇잖아도 우리들 몇몇이 그런 이야길 나누었었는데 병원에 다녀온 소라의 말에 의하면 화연이 퇴원을 한 뒤에 그 집에서 우릴 초대할 거래."

"음, 그랬니? 어쨌든 정말 잘 되었다. 그리고 인문계에 떨어진 아이는 없었니?"

"그야 물론 한두 명 있다지만 그들도 주간 수업을 하는 인문계 야간 학교에 합격된 거나 마찬가지래. 대부분이 미달이라니까."

"그랬어? 하기야 실업계 학교로 간 아이들이 작년보다 훨씬 많았다 했지."

나래는 정숙이 전해주는 말을 들으며 진심으로 화연에게 축하의 말을 해주고 싶었다. 그동안 나래는 화연이 외고에 합격되지 않은 날부터 공연히 미안한 마음을 가지고 지내왔었기 때문이다.

'만점 받은 걸 벌써 알고 있었을 텐데 소문을 내지 않았었구나.'

'화연이네 집에서 초대할 때 또 가더라도 우선 병원엘 찾아가보는 게 좋을 거야.'

나래는 전화연이 여러 가지로 얼마나 마음 아팠으면 그 좋은 사실을 발표하는 날까지 저 혼자만 알고 있으면서 입 한번 벙긋하지 않았을까 하고 생각하니 갑자기 화연이가 가엾어지는 것이었다.

'그 아이 성격이 고약하다고 말들 하지만 내가 만일 화연이 입장이라면 난 더더욱 심했을 게 분명해.'

나래는 집에다가 전화를 걸어 좀 늦게 귀가하겠다고 허락을 받은 뒤 곧장 병원으로 가는 버스에 올라탔다. 수첩에 적어두었던 병동 호실을 확인한 뒤 병원 안에 있는 매점에 들러 엽서 한 장을 샀다.

'밝아오는 새해와 함께 너의 눈부신 영광을 진심으로 축하한다. 나래가'

하고 싶은 말이 너무 많아서 길어지면 횡설수설 어지러울까 봐 간단하게 몇 자 적었다.

"똑똑!"

노크를 하고 나서 입원실 문을 열어 보았으나 안엔 아무도 없었다.

"503호실에 환자가 없는데요. 어떻게 된 건가요?"

안내 코너로 가서 간호사에게 물었다.

"바람을 쐬러 밖으로 나갔나 보군요. 보호자도 없던가요?"

간호사는 오히려 나래에게 되물었다.

"네, 아무도 없었어요. 침대 머리맡에 읽던 책이 놓여 있는 걸로 봐서 잠깐 나갔나 보군요."

나래는 병실에서 조금 더 기다려보아야겠다는 생각을 하며 다시 병실로 돌아왔다.

'무슨 책을 읽고 있었을까?'

화연이가 읽던 책을 집어 들고 책 표지를 살피며 좀 낯설다 싶은 생각에 목차를 눈으로 훑어보고 있을 때였다.

"넌 누구니? 우리 화연인 어디 갔지?"

숨 가쁜 목소리로 문을 열고 들어온 아주머닌 분명히 화연의 계모임에 틀림없어 보였다. 서예가로서 이름이 나 있기 보다는 이따금씩 텔레비전 화면을 통해 소개되어지고 때로는 〈명랑 오락회〉 등에 출연, 이미 소문으로 들어서 유명(?)한 분으로 알고 있는 터였다.

"저도 방금 들어왔는데 자리에 없어서 기다리는 중이에요."

나래의 말일랑 별로 귀담아 듣지 않고 화연 어머니는 문밖에서 기다리던 어느 청년과 한참 동안 이야기를 나눈 뒤 곧바로 돌아가 버렸다.

'메모라도 한 장 남기거나 나한테라도 전하라는 말 한마디 없이 떠나가다니.'

나래는 공연히 자기 엄마의 자상한 성격과 비교되는 그 아주머니의 쌀쌀맞은 태도가 마음에 들지 않아 입을 비쭉거렸다.

"아직 안 들어왔어요? 이 아가씨가 종종 사람의 애를 태운단 말이야. 퇴원할 날도 머지않았건만."

9. 아낌없는 박수

"참 조금 전에 환자의 어머님이 다녀가셨어요. 못 보셨어요?"

나래는 간호사 언니에게 보고해야 할 의무라도 있는 것처럼 또박또박 말했다.

"그건 알고 있어요. 그 사모님 극성도 못 말리겠어. 아무리 매스컴에서 부탁을 하며 매달린다고는 하지만 환자가 귀찮다는데 웬 기자들을 데리고 와서 야단이야. 냉정하게 잡아떼지 못하고."

"기자들이라니요?"

"친구라면서 그것도 몰라? 아, 병원에서 치른 시험을 만점 맞았으니 화젯거리가 되고도 남지? 신문 기자들이 어제 오늘 줄을 이으니까 환자가 자리에 붙어 있지 않고 피할 수밖에. 하지만 찬바람을 너무 오래 쐬어도 안 될 텐데. 아직은 몸이 허약해서."

간호사 언니는 입으로는 투덜대었지만 그래도 화연이 어머니보다 더 화연일 생각해 주는 것 같았다.

"언제쯤 퇴원해요?"

"벌써 한 달이 훨씬 지나고 두 달이 다 되어 가는데 아마도 일주일 안으로 퇴원할 거야."

"네, 언니, 내 친구 외로운 아이여요. 잘 좀 돌봐 주세요."

"그야, 우리가 더 잘 알지. 아버지가 개인 병원 원장이면 뭐하니? 아버지나 어머니 모두가 바쁘다며 얼굴만 슬쩍 내비치고. 돌보는 사람이 정성을 쏟아야 환자도 빨리 회복되는 건데."

"그럼 환자 옆에서 밤을 새우시는 분이 없었나요?"

"파출부 아줌마가 종종 날을 새운 일이 있었지만 어디 그게 부모의 정성하고 비교나 되겠어?"

나래는 또 나영 언니가 교통사고로 다리를 다쳤을 때 핼쑥한 얼굴로 날을 꼬박 새우던 자신의 어머니를 떠올리지 않을 수 없었다.

'화연인 그래도 아버진 생부가 아닌가. 그러니 누구나 어머니가 오래 사셔야 해. 아니지, 화연 어머니가 돌아가신 게 아니라고 했지? 호스티스?'

나래는 전에 여옥이 들려주었던 말을 생각해내고는 자신도 모르게 깜짝 놀라며 그 연상을 지우기 위해 창가로 가서 맨 아래 뜰을 내려다보았다.

"아니? 저게 누구야?"

나래는 자신이 지금 꿈을 꾸고 있거나 헛보인 게 아닌가 싶어 눈을 비비고 다시 병원 안 뜰을 유심히 내려다보았다.

'이럴 게 아니라 내려가서 내 눈으로 확인을 해야지.'

나래는 간호사 언니에게 찾아가 친구를 못 만나고 그냥 간다고 말한 뒤 엘리베이터를 타고 1층으로 내려왔다. 그리고는 누가 미행이라도 할세라 주변을 휘휘 둘러보며 병동 옆 커다란 나무 뒤로 가서 몸을 숨기고 섰다. 지금 화연과 나란히 앉아서 이야기를 나누고 있는 사람은 지난번에 찾아갔던 보육원의 원장임에 틀림없었다.

'저 두 사람은 어떻게 아는 사이일까?'

도대체 어찌된 일인지 나래는 오히려 자기 자신이 의심쩍어 자기의 볼을 꼬집어보았다. 분명히 꿈은 아니다. 언젠가는 병원에서 미진이 엄마를 만났었는데 지금 저 원장님은 화연의 생모가 아닐는지?

상상치고는 좀 엉뚱하다 싶어 나래는 금방 씩 웃었다. 상상이 아니라 공상이 너무 많아 탈이라고 항상 자신을 나무라지만 무슨 일이 닥

치면 꼬리에 꼬리를 물고 이어지는 이놈의 연상 때문에 어떤 때는 머리가 지근지근 아파오는 것이다.

'모르겠다. 기회 있으면 알아보기로 하고 오늘은 그냥 가는 게 좋겠지.'

날이 저물기 전에 집으로 가기 위해 부지런히 버스 정류장으로 왔다.

'화연인 병원에 있는 동안에도 줄곧 외로웠었나 보구나. 그런 줄 알았으면 나라도 자주 들를 것을. 이렇게 버스를 한 번만 타면 되는 코스였는데.'

화연이 자기가 찾아오는 걸 반길지 어떨지는 몰라도 밤샘하는 가족이 없었다는 말이 왜 이리도 가슴을 저미게 하는 지 알 수가 없는 일이었다.

'보육원 원장님이 화연일 어떻게 알고 있을까? 병원에까지 찾아올 정도라면 아주 가까운 사이일 텐데. 그렇다면 성당의 김 선생님이나 정 선생님은 알고 계실까?'

나래는 또 일기장에다 추리 소설 같은 낙서를 한바탕 적어 놓고 잠자리에 들었다. 하지만 금방 잠이 올 리 만무했다. 카세트 라디오를 틀었다. 모 아나운서의 맑은 목소리가 아름다운 음악을 소개하고 있었다.

'난 장래에 무엇이 될까? 선생님도 되고 싶었고 아나운서도 되고 싶었는데. 참 지난번 보육원에 갔을 때 결심을 했지, 자선 사업가가 되어 한길로만 걸어가겠다고. 헌데 소설가도 괜찮지 않을까?'

희미해지는 천장에 최 선생님과 빈 선생님의 얼굴이 겹쳐서 떠올랐다. 두 분 선생님이 결혼식장에서 웨딩마치에 맞추어 나란히 걸어 나오고 있었다. 하얀 드레스에 면사포를 쓴 최 선생님의 얼굴이 너무나도 아름답고 젊어 보인다 싶어 유심히 바라보자니 그 얼굴은 금방 나영 언니의 얼굴로 바뀌었다. 옆에 서있던 빈 선생님도 어느새 자취를 감추고 그 자리엔 권영일 선생님이 언니와 나란히 걷고 있는 것이다. 다정한 한 쌍의 비둘기처럼.

"어쨌든 축하해요. 모두들 박수를 보냅시다."

"그래요, 아낌없는 박수를 저 두 쌍의 신랑 신부에게."

그런데 무대 위에는 선생님들과 언니 대신 화연이 밝게 웃으며 서 있는 것이 아닌가. 화연인 평소 때의 침울했던 표정이랑 전혀 찾아볼 수 없었고 활짝 웃는 해바라기처럼 기쁨에 넘쳐 있었다.

"그래, 화연아. 진심으로 축하한다. 그 동안 너에게 친절하게 대해주지 못해서 정말 미안해!"

정숙도 화연과 악수를 나누며 즐거워했다.

"고맙다. 우리 함께 사는 지구의 한 가족인 걸. 서로 미워하고 다투어야 할 이유가 전혀 없다고. 서로를 위하고 사랑하는 일 밖에는."

오랜만에 화연이도 '사랑'이라는 말을 어렵지 않게 쓰고 있었다.

"맞아, 사랑이야. 사랑으로 용서하면 모든 건 해결되는 거야. 사랑, 사랑, 사랑!"

"애 좀 보게. 불도 끄지 않고 카세트를 틀어놓은 채 무슨 사랑 타령이 그리도 심하니?"

어머니가 나래의 몸을 흔들어 깨웠다.

"응, 엄마. 내가 꿈을 꾸었나 봐."

"그래, 편히 누워서 잘 자. 낮에는 어딜 다녀와서 그리도 피곤해 하니?"

 엄마는 불을 꺼주고 밖으로 나갔다. 나래는 금방 꾸었던 꿈을 다시 이어볼 양으로 스르르 눈을 감아 보았으나 꿈은 더이상 이어지지 않았다.

10. 춥지 않은 겨울

 다음 날 학원에 가서 불어 공부를 마치고 나래는 성당에서 정 선생님을 만났다.
 "네가 그토록 빨리 서두를 줄은 생각지 못한 일이였단다. 왜 꿈에서라도 나타났었니? 보육원 아이들이?"
 교회 안에서는 선생님이라 부르지만 아직 대학생인 탓에 정 선생님은 말투도, 행동도 나영 언니와 다를 바 없었다.
 "네, 그 아이들이 갑자기 보고 싶어졌어요. 약속 했었잖아요? 우리 자주자주 들르자고."
 "그래, 네 전화 덕분에 난 모처럼의 데이트 신청까지 취소시켰다는 사실 영원히 기억해야 한다."

"우와! 정말이어요? 그렇다면 진작 말씀할 것이지?"

나래도 농담으로 받아 넘기며 버스 정류장으로 발걸음을 옮겼다.

'사실, 보육원 아이들도 보고 싶지만 더 중요한 건 원장님을 만나 어떻게 화연일 알고 있는지 그게 더 궁금하기 짝이 없다오.'

나래는 입 안에서 뱅글뱅글 도는 이야기를 억지로 참느라고 침을 꿀꺽 삼켜버렸다. 정 선생님이 화연을 알 리도 없을 뿐더러 그 이야기를 꺼내면 한도 끝도 없을 것 같았기 때문이다.

'마리아의 집'에 들어서는 순간 나래는 또다시 가슴 뭉클한 감정이 솟구쳐 눈물이 핑 돌았다.

"언니!"

"선생님!"

크리스마스도 아닌데 웬일이냐는 듯이 사랑에 굶주린 아이들이 한꺼번에 몰려와 두 사람을 에워쌌다.

"그래, 전화라도 하고 올 것이지. 어쨌든 고마워요."

원장 선생님은 화장기 없는 얼굴에 잔주름을 모두 드러내며 반갑게 맞이해 주었다.

아이들과 함께 게임도 하고 노래를 부르며 즐기다보니 겨울철 한나절은 너무도 짧았다. 나래는 거울 앞에서 연습을 해두었던 이야기를 또박또박 재미있게 들려주었다. 이야기 중간 중간에 아이들이 신난다며 박수를 칠 때에는 마치 자기가 성우라도 된 것처럼 기분이 좋았다. 그렇지만 소아마비 증세로 손발이 뒤틀리는 혁이 나래 곁에서 한 발도 떨어지지 않으려고 하는 바람에 은근히 겁이 나서 정 선생님에게 손짓을 하여 데려가게 한 것이 꺼림칙하였다. 정 선생님이 아이들에게 간단한 율동을 가르치는 시간을 이용하여 나래는 원장 선생님이 밀가루 반죽을 하고 있는 부엌으로 들어갔다.

"졸업반이라 했지? 고등학교에 가서 공부할 예습도 해야 할 텐데 이렇게 시간을 내어 찾아와 주니 고맙구먼."

원장 선생님은 일을 계속하며 나래에게 말했다.

"선생님, 저희 엄마도 다음 기회에는 함께 오시기로 약속하셨어요. 저희 언니와 엄마가 요즈음 틈나는 대로 여기 보육원 아이들의 목도리를 짜고 계시거든요."

"세상에. 고맙기도 해라. 요즈음엔 그렇게 정성이 깃든 선물을 받아 보기란 하늘에서 별 따기야. 돈 있는 사모님들이 이따금씩 온라인으로 생활비를 조금씩 보내주시던 것도 점점 끊어지고 있으니."

원장 선생님은 손수 칼국수를 썰고 있었다.

"제가 좀 도와 드릴까요?"

"아니야. 공부하는 학생이 이런 일을 할 수 있을까?"

나래는 원장 선생님이 썰어 놓은 국수 가닥을 설설 풀어헤치며 드디어 화연이 이야길 꺼내놓았다.

"전화연이란 아일 아시죠? 저와 같은 반 친구인데 어제 병원에서 함께 앉아 대화하는 걸 우연히 봤거든요. 어떤 사이인지 꼭 알고 싶어요."

나래의 당돌한 질문에 원장 선생님은 잠깐 동안만 나래의 얼굴을 빤히 들여다보았을 뿐 나직한 소리로 담담하게 말하였다.

"친구의 비밀을 알아내려고 하는 건 좋지 않아요. 화연과 친한 사이인가?"

"아니, 네, 친해요. 그 아이 엄마는 훌륭한 분이지만 친 엄마가 아니라서 애정이 없는 것 같아요."

원장 선생님에게 왜 이렇게까지 말해야 되는 건지 나래는 자신을 이해할 수 없다고 생각하면서도 자기도 모를 어떤 힘에 이끌리고 있음을 어찌할 수 없었다.

'내가 뭐 형사라도 된단 말인가? 아니면 여류 탐정가라도 되겠단 말인가?'

나래가 더이상 실례를 하지 말자고 스스로 입을 다물고 물러서려 할 때였다.

"내 간단히 얘기해 주지. 화연인 불행한 아이야."

보육원 원장 선생님이 처음부터 이야기하려는 것을 나래는 다 알고 있으니 두 사람 사이의 관계만 알려달라고 졸랐다.

"화연이 어렸을 때 저희 엄마가 미국으로 떠나며 이곳 보육원에 맡겼었지. 그런데 국민학교에 들어갈 무렵에 어떻게 이야기가 잘 되었던지, 화연이 아버지 되는 의사 선생님과 사모님이 찾아와서 화연일 데려간 거야. 남의 아이들도 양자로 맞는 세상에 핏줄이라고는 그 애 하나뿐이었으니까."

"아, 네. 그래서 병원까지 찾아 오셨었군요."

"그 아이 어렸을 때도 얼마나 총명했는지 한 번 가르쳐 준 것은 여간해서 잊지 않았어."

"예, 그러니까 이번 연합고사에서도 만점을 받았지 뭐에요."

"나도 그 아일 까맣게 잊고 있다가 이번 신문을 보고 찾아 갔었어. 병원에서 치른 시험이 만점이라니. 그런데 그 아이가 창가에서 떨어진 게 사실인가?"

"네, 우리가 똑똑히 지켜봤어요. 너무도 순간적이어서 말리지도 못했지만."

"한때 실어증 증세까지 있었다면서?"

"네."

원장 선생님은 진심으로 화연일 걱정하고 있음이 역력하였다.

"그 아이 엄마는 화연이가 남부럽지 않게 잘 지내는 줄 알고 있는데, 나도 그 사실을 전혀 몰랐지 뭐냐. 어린 것이 얼마나 힘들었으면."

어쩌면 보육원 원장 선생님은 화연의 제2의 어머니인 샘이다. 나래는 얽혀있던 실매듭을 또 하나 풀었다는 생각에 상쾌한 기분으로 보육원을 나섰다. 정 선생님은 집으로 오는 버스 안에서 다음엔 보육원 아이들에게 재미있는 그림 동화책들을 선물로 준비해야겠다고 말했다. 별로 잘 생겼다거나 예쁘다고 느껴본 적이 없던 정 선생님의 얼굴이 해님처럼 밝아 보이는 건 내면의 아름다움이 겉으로 드러나는 까닭일까? 집에 도착하자마자 할머니가 나래에게 말했다.

"나래야, 내일은 우리하고 스케이트장에 가지 않으련?"

"네! 할머니께서 스케이트를 타실 수 있어요?"

"그럼, 할아버지랑 이 할미 스케이트 타는 걸 구경하고 싶지 않니?"

"네, 좋아요. 할머니, 같이 가요. 난 우리 할머니, 할아버지께서 그렇게 멋쟁이이신 줄 예전엔 미처 몰랐어요."

할머니, 할아버지는 친척들 집을 빙 돌아보고 설날에서야 돌아왔는데도 그새 답답함을 느끼는 듯 했다.

"우리도 다음 달부터는 노인 대학에라도 다녀야겠어요."

바둑판을 앞에 두고 마주 앉아서 이야기를 나누고 있는 할머니, 할아버지는 마냥 천진스런 어린애들 같았다.

크리스마스 때 한바탕 쏟아져 주던 함박눈이 그새 떠나버렸나 싶었는데 아침 일찍부터 하얀 눈꽃송이가 사뿐사뿐 내려와 앉아 추운 날씨라기보다는 포근하고 아늑함을 더해주었다.
"할머니, 할아버지 준비 다 되셨어요?"
스케이트 가방을 챙겨들고 나래가 일찍부터 서둘렀다.
"어머니, 아버지 즐겁게 놀다 오세요."
아버지는 회사에 출근하면서 할머니, 할아버지의 기분을 맞추느라 조금 지체하였다.
"다음 기회엔 제가 모시고 가겠어요."
언니도 약속 때문에 같이 가지 못함을 아쉬워하며 집을 나섰다. 엄마가 운전을 하여 할머니, 할아버지를 모 백화점 옆의 스케이트장으로 안내했다. 경쾌한 음악 소리에 맞추어 어린 꼬마 아이들부터 중·고등학생들은 물론 젊은 청년들과 아가씨들까지 함께 어우러진 스케이트장은 그대로 축제의 분위기였다.
"할머니 자신 있으세요? 사람들이 저렇게 많은데?"
"오우, 염려하지 마라."
할아버지와 할머니는 빨간 빵모자를 멋지게 쓰고 나와 사람들 속에서 천천히 미끄럼을 탔다. 나래 엄마는 아예 신발도 갈아 신지 않은 채 라인 밖에서 두 노인네들이 넘어지지나 않을까 조바심을 하며 서 있었다.

"야, 멋쟁이 할아버지 파이팅!"

"정말 멋지십니다. 할머니!"

뒤범벅이 되어 우왕좌왕하던 사람들이 약속이나 한 것처럼 스케이트장 가장자리로 비켜주기 시작했다. 마침내 널따란 얼음 마당 한가운데서 발레를 하듯 손을 잡았다 놓았다 하는 할머니와 할아버지의 스케이트 솜씨가 군중들을 열광시켰다.

"오, 땡큐. 감사합니다!"

할머니, 할아버지는 숨이 차는지 오래는 계속하지 않았지만 어쨌든 오늘의 주인공으로서 뭇사람들의 선망의 대상이 된 것만은 사실이었다.

"정말, 자랑스러워요! 그 빨간 모자에 빨간 장갑이 한몫을 단단히 했다고요."

나래가 주차장으로 돌아오는 길에 할머니와 할아버지 사이에서 애교를 부리며 좋아하자 엄마는 뒤따르며 무척 흐뭇한 표정을 감추지 않았다

"나래야, 이 모자와 장갑은 누가 짜준 건지 알기나 하니?"

"그야, 미국에서 오실 때 가져오시지 않으셨어요?"

"녀석아, 이건 네 어미가 우리들 나들이 하는 동안 짜 두었다가 설날 선물로 내놓은 거란다. 얼마나 멋지니?"

"어머나, 그랬어요? 엄마도 어느 틈에 우리 몰래 짜셨어요?"

엄마는 그저 미소만 띠울 뿐 아무 말도 하지 않으나 지금 너무도 행복해하고 있음을 나래는 충분히 읽어낼 수 있었다.

"참, 엄마, 보육원 아이들의 목도리는 다 짜셨어요?"

"응, 몇 개만 더 짜면 될 거야. 넌 신경 쓰지 말고 공부나 열심히 해!"

어느 면에서나 빈틈이 없는 엄마가 젊은 시절 할머니, 할아버지로부터 아들을 못 낳는다고 미움을 샀다는 게 좀처럼 이해가 가지 않았다.

'그런 것이 바로 세대차라는 것일까?'

그러나 저러나 이제는 어머니가 저토록 행복해하는데 옛날이야길 꺼낼 필요조차 없지 않은가.

"오늘 점심은 내가 사마. 기분이다!"

할아버지가 외식을 시켜주는 바람에 엄마가 해야 할 부엌일이 한 끼니 줄어들었는가 싶었는데 언니가 권 선생님과 들어오는 통에 또 상을 차리게 되었다.

"언니도. 오늘 같은 날은 밖에서 먹고 들어와야지. 엄마만 피곤하시잖아."

"할머니, 할아버지께 인사드리겠다는데 어떻게 말리겠니? 그동안 선생님이 시골에 내려갔다 왔지 않겠니?"

"괜찮다. 난 사랑하는 사람들을 위해 음식을 만드는 일을 즐거움으로 여기거든. 그런 마음이 없다면 누구나 파출부를 쓰게?"

"맞아요. 존경하옵는 우리 엄마!"

나래가 엄마의 허리춤을 꼭 껴안으며 뱅그르르 돌자 엄마는 간지럽다고 나래를 저만큼 밀어내었다.

"엄마, 몸무게가 훨씬 줄어 드셨나 봐. 전에 보다 무척 가벼워졌어요."

"아유, 우리 집에 효녀 났구나. 별걸 다 걱정하고."

엄마는 입으로는 큰소리 쳤지만 갑자기 어른들을 모시랴. 언니 결혼 걱정에다 고등학생이 되는 나래의 앞날까지 세심하게 신경을 쓰고 있으니 체중이 불어날 리 없었다.

"엄마, 보육원에 가져갈 목도리는 내년에 가져가도 돼요. 그 일은 그만 중단하세요."

"글쎄, 네 할 일이나 잘 하래도."

상을 물린 뒤 아빠가 귀가할 때까지 윷놀이를 하였다. 한 판씩 게임이 끝날 때마다 진편에서 노래를 불렀다.

"즐거운 곳에서는 날 오라 하여도."

할머니, 할아버지가 '즐거운 나의 집'을 부르는 걸 보면 여간 마음이 편안한 게 아닌가 보다. 언니와 권 선생님도 질세라 '비둘기처럼 다정한 사람들이라면.' 하고 행복에 겨운 노래를 불렀다. 공평하게도 나래와 엄마도 노래를 부르게 되었다.

"엄마, 이런 날은 '사랑'이란 노래가 제일 잘 어울리겠죠? 사랑은."

두 사람의 노래가 합창으로 어울려 어느새 대문 밖으로 빠져 나갔는지 초인종을 누르고 들어오는 아빠도 그 노래를 따라 불렀다.

"정말이지 올 겨울은 춥지 않아요."

아빠는 매우 기분이 좋아 보였다.

"아빠 회사에서 좋은 일이 있었나보죠?"

나래가 아빠 곁으로 가 앉으며 물었다.

"물론, 대단히 좋은 일이지. 우리 회사 사장님께서 새해 들어 크나큰 용단을 내리셨단다."

"용단이라니요?"

모두 다 윷판을 치우고 아빠의 입에서 무슨 말이 나올까 기대를 하였다. 그러고 보니 할머니, 할아버지를 제외하곤 모두들 아빠 회사의 사장님을 익히 알고 있었다. 바로 우람의 양아버지라 했지 않은가.

"아참, 나래의 친구들도 그 마을에 살고 있다 했었지? 긴고랑 말이다. 그곳에 짓기 시작한 영구 임대 주택을 군경 유가족 및 영세민들에게 무료로 분양하겠다는 소신을 확실히 밝히셨어. K건설 회사의 명예를 걸고 말이다."

"와아! 그게 정말이어요? 아빠!"

"정말 대단하신 분이야. 덕망 높은 분은 어딘지 모르게 다른 구석이 있다니까요."

우람이 때문에 한번 만나 뵌 일이 있다는 권 선생님도 입을 다물지 않고 감탄사를 연발했다. 펄쩍펄쩍 뛰는 나래와는 달리 나영 언니는 조용히 눈을 감고 감사의 기도를 드리는 것 같았다. 아마도 우람이 훌륭한 분의 품에서 바람직하게 자라고 있는 데에 대한 감사의 마음을 하느님께 돌리고 있는 모양이었다.

"그래, 돈을 벌어 모으는 것보다도 어떻게 쓰느냐가 더 어려운 법이지. 장한 일이로구나!"

할아버지, 할머니도 침이 마르도록 찬사를 보내었다.

"아빠, 이 소식을 그 아이들에게 내일 당장 알려주고 싶어요."

"자연히 알게 될 텐데 서두를 필요는 없어. 참, 그 동네 아이들도 모두 고등학교에 진학은 했겠지?"

"네, 주로 야간 상고에 갔지만 열심히 주산 학원에 다니며 자격증을 따겠다고 노력하고 있어요."

"그렇다면 나는 우리 회사 사장님처럼 갑부는 아니니까 그네들의 등록금이나 내가 대어줄까? 소문나지 않게 말이다. 너무 작은 일이 눈덩이처럼 크게 소문이 나면 그보다 난처한 일은 없을 테니까."

"아빠, 고맙습니다. 저는요. K회사 사장님보다도 우리 아빠가 더 자랑스러워요."

"허허, 녀석도."

할아버지, 할머니도, 언니도, 권 선생님도 그리고 엄마도 다 함께 아버지를 향하여 박수를 보내었다. 밝히기로 하자면 엄마도, 언니도 남들 모르게 봉사활동을 하고 있었지만 나래는 자기도 보육원에 찾아다니며 가엾은 어린이들과 놀아주는 일을 하고 있노라 자랑하고 싶었다. 하지만 나래의 손을 꼭 붙들고 따라 오겠다던 혁이를 냉정하게 뿌리친 일이 부끄러워 아무 말도 할 수가 없었다.

며칠 후 소라에게서 전화가 걸려왔다. 화연이 퇴원하여 내일 모레 자기네 집으로 학급 친구들을 초대하겠다는 말이었다.

"연락이 닿는 아이들은 모두 와 주었으면 하더라. 그네 엄마가 만 점 받았다고 한턱 크게 내려나 봐. 너도 생각나지? 화연이네 집 썰렁한 분위기 말이야. 그 가정부 아줌마가 음식을 장만했다면 정성이란 조금치도 들어있지 않았을 텐데. 하기야 화연이 전화하는 목소리가 아주 겸손한 거 있지? 특히 강나래한테 꼭 연락하라고 나에게 강조하던 걸."

"응, 알았어. 별일 없으면 가야지."

나래는 수화기를 놓고 잠시 잠깐 생각에 잠겼다가 일부러 훌훌 털고 정숙에게 전화를 했다.

"너도 연락 받았지? 화연이네 집에서 초대하는 거?"

"아니, 그 아이가 나한테 연락할 리가 있냐? 우리 사인 개와 고양이 사이라는 거 아는 사람은 다 알지 않니?"

"아니야. 나도 소라한테 들었는데 우리 그 애한테 가서 진심으로 축하를 해 주자. 얼마나 장하니? 그리고 알고 보면 화연이도 나쁜 아이는 아니거든."

"그래, 천사표 아가씨야. 그 때 만나자."

정숙이 쉽게 응해주어 내심 기뻐하면서 수화기를 놓는 순간 따르릉! 전화벨이 울렸다.

"얼마간 못 만났다고 야단들이군. 화연이네 집에 모여서 얼마나 수다들을 떨려고 그러는지."

분명히 화연이네 이야기를 전하는 전화일 거라 생각하며 다시 수화기를 들었다.

11. 현대판 심청이

"응, 나래로구나. 나 최 선생님이야. 집에 별일 없지?"
"네, 선생님. 거기 어디에요?"
"여긴 병원이야. 박여옥이 입원해 있는."
"네? 선생님. 여옥이가 왜요? 어느 병원인데요?"
"수술은 끝났으니까 흥분하지 말고, 너희들 몇몇이 병문안을 다녀갔으면 하고 연락하는 거야."
"선생님, 자세히 말씀해 주세요."
 나래는 갑작스런 전화에 어찌할 바를 몰라 엄마를 불러 수화기를 건네주었다.
"응응, 알았어. 그 녀석 여간 똑똑한 아이가 아니더라. 응, 나도 봤지. 우리 집에 놀러 왔었으니까. 맞아, 동생 눈도 뜨게 하고 내 나래에게 알아듣게 말할게. 그래 수고해."

"엄마, 난 가슴이 떨려서. 무슨 일이에요? 여옥이가 왜 수술을 했어요?"

엄마는 금방 대답을 하지 않고 빙그레 웃으며 고개를 두어 번 끄덕이었다.

"정말 기특한 아이로구나. 제 아버지께 콩팥을 한 쪽 넘겨주었다지 뭐냐? 현대판 심청이가 나타났어."

"네? 여옥이가요?"

나래는 지금 자기가 꿈을 꾸는가 싶었다.

시골로 내려간 여옥이 방학동안 아무 연락이 없었는데 뜻밖의 소식을 전해 듣고 나래는 멍청하게 어머니의 얼굴만 바라보았다.

"우리 나래가 그런 경우에 처했다면 그렇게 슬기롭게 헤쳐 나갈 수 있었을까?"

엄마는 소설 같은 여옥이의 이야기를 옛날이야기 하듯 여러 번 되풀이하였다.

"어린애가 자기 동생 눈을 고쳐보겠다고 무진 애를 쓰더니 이번엔 신장염으로 고생해오던 아버지를 위하여 그런 용기를 발휘하다니. 아 글쎄, 경진이도 뒤늦게야 소식 듣고 달려갔단다. 자기 아버지가 위험하다니까 그 지방 도시의 큰 병원으로 쫓아가서 의사 선생님을 어떻게나 구워삶았던지 의사가 두 손을 들고 말았다지 뭐냐. 수술비는 뒤로 미루고, 그 지극한 효성과 용기랄까, 고집이랄까 하는 여옥이의 한결 같은 마음 때문에."

"엄마, 그 아이는 충분히 그럴 수 있어요. 서울에서 학교를 다니겠다고 얼마나 고생을 했는데요. 신문 배달까지."

여옥이 야간 상고에 들어간 것도 낮에는 고모네 가게 일을 돕고 밤에 공부하기 위해서라는 걸 언젠가 엄마에게 말한 적이 있었던 것 같다.

"어쨌거나 그 아인 꼭 성공할 거야. 벌써부터 신념이 뚜렷한 걸 보면."

나래가 질투심이 생길 정도로 엄마는 할머니, 할아버지한테까지 가서 여옥의 이야기를 하며 칭찬을 하는 것이었다.

"그래, 수술이 성공했다고. 지성이면 감천이지. 자기 어머니가 콩팥을 떼어주겠다는 걸 굳이 말리고 자기 것을 내 놓은 거란 말이지."

할머니도 혀를 내두르며 '효녀'라는 말을 열 번도 넘게 했다.

"좌우간 애들에게 연락해서 전주까지 내려갔다 오려면 미리 계획을 세워야겠지요?"

"그래라. 너무 많은 사람이 가면 폐가 될 터니 서너 명만 먼저 다녀오도록 해."

"네, 알았어요. 엄마."

나래는 제일 먼저 정숙에게 연락을 했다. 정숙이도 깜짝 놀라며 함께 가겠노라고 대답했다.

"그런데 화연한테는 알려야 할지 모르겠구나. 그네 아버지께서 여옥이 동생 개안 수술까지 해주셨는데."

"소라가 친하니까 그 아이더러 넌지시 말해 보라고 해. 그리고 우리 몇 명이 화연이네 초대에 빠졌다고 해서 서운할 것도 없지 않겠지?

이미 지나간 경사니까."

 정숙은 정확하게 꼬집어 말했지만 나래는 아무래도 마음이 꺼림칙하였다.

 '그래, 내가 먼저 화연에게 전화를 거는 거야. 공연한 자존심 내세울 것 없이.'

 나래는 화연이네 전화번호를 찾아 다이얼을 돌렸다.

 "화연이니? 나 강나래야."

 상대 쪽에서 한참 동안 말이 없었다.

 "왜? 내일 모레 오지 않고."

 이윽고 힘없는 목소리로 화연이 말했다.

 "네 건강은 좀 어떠하니?"

 "괜찮아. 병원에 와 주어서 고마웠어."

 "아니야. 만나지도 못했는데."

 나래는 속으론 조금 미안한 생각을 하며 시치미를 뚝 뗐다. 만일 너랑 원장 선생님이랑 나무 그늘 밑에서 이야기 하는 걸 모두 훔쳐보고, 보육원까지 쫓아가 너에 대해 더 자세히 알아봤다고 하면 화연이 어떤 반응을 보일까? 아마도 다시 실어증 증세를 보이거나 또다시 자기 집 옥상에라도 올라가 아래로 뛰어 내릴 게 분명할 진데 공연히 아는 체를 해서는 아니 되지 않겠는가.

 "다름 아니고 시골에서 전학해 온 아이, 박여옥 너도 알지? 그 아이가 지금 전주 Y병원에 입원해 있대."

 "아니 왜?"

 화연이도 조금 긴장된 목소리로 물어왔다.

"글쎄, 그 아이 아버지께서 오랫동안 신장염으로 고생을 해 오셨다더라. 그런데 이번에 병이 더욱 악화되자 여옥이 제 콩팥 한쪽을 아버지께 나누어 주었다지 뭐야."

"음."

화연인 대답대신 신음 소리와도 같은 야릇한 목소리를 낸 뒤 또 긴 말을 하지 않았다.

"그래서 말인데 내일 모레 너희 집에 가야하겠지만 몇 아이와 함께 여옥이한테 다녀올까 하고. 그러니까 너무 서운하게 생각지 마!"

"누구랑 가는데?"

"확실치는 않지만 정숙이랑 소라 그리고 더 알아봐야지."

"알았어."

화연인 또 먼저 수화기를 내려놓아 버렸다. 어쨌든 전화한 건 잘한 일이다. 화연이 하기 싫은 것처럼 대답은 했지만 그만하면 마음의 창을 조금은 열어놓은 듯싶다. 조금 후, 어떻게 알았는지 현희에게서 전화가 걸려왔다.

"정말이냐? 나 너무나 감동해서 말이 안 나온다. 그런 이야기는 신문이나 TV에서 나오는 건데 우리들 친구 이야기가 확실하냐고?"

빠질세라 현희도 전주에 같이 갈 테니 약속 장소를 말하라고 성화였다.

"그래 같이 가자. 모레 아침 10시, 우리 집 앞으로 나오면 돼."

나래는 가겠다는 아이들이 더 많아져도 곤란할 것 같아 수다쟁이 현희에게 다른 아이들에겐 다녀와서 이야기하자고 부탁을 했다.

"그렇다면 엄마가 차로 데려다 준다고 약속을 했으니까, 나, 정숙,

소라, 현희가 가면 꼭 맞겠는데. 그런데 빈 선생님께 알려서 함께 가야 할 텐데. 님도 보고 뽕도 따라고."

나래는 주방에까지 들리도록 뒷말을 크게 하며 어머니를 힐끗 바라다보았다.

"그런 수고는 아니 하셔도 되겠습니다, 아가씨. 이미 빈 선생님은 내려가셨으니까요."

"네? 벌써?"

"그럼. 너와 내가 알기 전에 빈 선생님이 먼저 아셨단다. 글쎄 최경진이 얼마나 엉큼한지 내가 여러 번 말하지 않았니?"

엄마는 싱글거리는 얼굴로 말했지만 꼭 질투라도 하는 여학생처럼 빈정거리는 게 여간 재미있지 않았다.

"야, 우리 선생님 행동 한번 빠르시다. 그렇다고 숨도 안 쉬고 달려가시면 어떻게 해요."

"그러게 말이다. 어차피 수술은 끝났고 모두가 건강하다는 데 천천히 가셔도 되련마는."

"하기야 혼자 사시는 분이 무엇에 구애를 받겠어요. 아무 때나 떠나고 싶으면 떠날 수 있지. 그리고 보니 선생님이랑 직업도 괜찮네요. 엄마! 긴긴 방학이 일 년에 두 번씩이나 있으니 자신의 삶을 조금씩이나마 정리할 수 있는 기회가 주어진다고나 할까. 그럼 나도 장래에 학교 교사를 해볼까? 최 선생님과 빈 선생님, 아니 우리 형부 권영일 선생님처럼 멋진 선생님 말이어요."

"쟤 좀 보게. 또 장래 희망이 바뀌는 거니? 고등학교에 가면 바로 문과니 이과니 하고 조사를 할 텐데. 되도록 빨리 갖고 싶은 직업이나 장래 희망을 확정짓는 게 좋을 거야."

"네, 알아요. 의사, 아나운서, 소설가, 자선 사업 그리고 교사라. 이 모든 직업을 한꺼번에 가질 수는 없을까? 좀 벅차겠지만."

"저 욕심쟁이. 아서라. 한 가지라도 실속이 있어야지."

"음, 방학 때마다 여행을 떠나고, 알고 보면 교사란 직업도 매력이 있어. 아유, 모르겠다. 봉사만 하며 살아가는 보육원 원장님은 무언가 낭만이 없어 보이고. 그렇다고 멋지게만 살라치면 아무래도 보람된 일에는 소홀할 것만 같으니."

"그만 사설을 떨고 엄마 심부름이나 해주렴. 슈퍼에 가서 몇 가지만 사올 수 있겠지?"

어머니는 메모지에 필요한 것들을 적어서 넘겨주었다.

"네, 다녀오겠습니다."

나래가 대문을 열고 밖으로 나가려는 데 안에서 또 전화 벨소리가 새어나왔다.

'기집애들 인정은 많아 가지고. 너도 나도 여옥이한테 가고 싶어서 또 누군가가 전화를 거나 본데.'

속으로 생각하며 골목을 벗어나 슈퍼로 갔다.

"마침 저 애가 나오는 구먼. 얘, 나래야. 이 아주머니가 너희 집을 찾는구나. 모시고 가거라."

"네, 그러세요? 잠깐만요. 물건을 사가지고."

나래는 슈퍼마켓 아주머니가 소개하는 처음 보는 아주머니의 남루한 차림을 언뜻 한눈으로 훑어보고는 슈퍼 안으로 들어갔다.

"아주머니, 절 따라 오세요."

슈퍼에서 물건을 사들고 나오며 나래가 앞장을 섰다.

"무슨 일이세요? 누굴 찾으시는 건지요?"

생김새나 차림으로 봐서 엄마의 친구 같지는 않고 궁금하기 짝이 없어 뒤를 돌아보며 물어 보았다.

"저어, 그 집에 강화중 씨라고 계시는감?"

파마머리는 제대로 빗질도 하지 않았는지 부수수하게 일어서 있고, 남의 집을 찾는 이가 신발 뒷굽이 터져 있는 슬리퍼를 질질 끌고 있어 시골에서 갓 올라온 분 같다고 생각했는데 말소리를 들으니 더욱 그랬다.

"네, 저희 할아버지이신데 어떻게 아세요?"

"오, 맞구먼. 일단 만나 뵙고 말씀 드려야제. 참말이지, 쉽게도 찾았구먼."

아주머니는 무척이나 반가운 내색을 숨기지 않고 점퍼에서 손을 빼어 자신의 머리를 두어 번 만지작거렸다. 아주머니를 현관 앞에서 잠깐 기다리게 한 다음 나래는 엄마에게 달려가 사온 물건들을 넘겨주며 낮은 목소리로 말했다.

"저 아주머니가 우리 할아버지를 찾아오셨다지 뭐에요. 슈퍼 아주머니가 그러시는데 미국에서 오신지 얼마 안 되었다고 말씀하셨대요."

"응, 그래? 그럼 안으로 들어오시라고 해야지."

엄마는 앞치마에 손을 씻으며 그 아주머니를 친절히 맞이했다.

"여기에 좀 앉아 기다리시겠어요? 아버님께 말씀 여쭐 테니."

엄마는 할아버지를 찾아왔다는 그 말 한마디로 벌써부터 그 아주머니를 깍듯이 모시는 게 아닌가.

'아유, 우리 엄마도 못 말리시지.'

파를 다듬으며 도대체 무슨 일일까 생각하고 있는데 할아버지가 할머니와 함께 거실로 나오는 것이었다.

"오, 난 누군가 했더니 김 군 어머니시군요. 추운 날씨에 어떻게 여기까지 찾아오셨는지요?"

"네, 실은 다름이 아니옵고요."

아주머니는 몸둘 바를 모르겠다는 듯 일어서서 머리를 조아리며 공손히 말했다.

"아, 어려워 말고 말씀하시라요. 왜 김 군에게 무슨 일이라도 생겼소?"

"아닙니다. 그게 아니고요. 저가 생각하면 할수록 고맙고 고마워서 뭐 보답할 일이라도 없나 하고 찾아온 건데."

아주머니는 거실 안을 힐끗 둘러보며 말을 멈추었다.

"네, 그런 일이라면 찾아오실 필요조차 없는데 누가 우리 집을 또 알려주어 가지고, 음흠!"

할아버지는 매우 딱한 표정을 지으며 할머니에게만 들리게 작은 소리로 무언가 소곤거리는 게 아닌가.

"엄마, 무슨 일이래요?"

다시 부엌으로 돌아와 음식을 장만하는 엄마에게 나래가 물었다.

"알 것 없어, 어른들이 하시는 일을."

엄마는 일을 하다 말고 커피 잔을 챙겼다.

"내 정신 좀 봐라, 손님이 오셨는데 나래야. 이 접시에 사과 좀 깎아

내놓지 않겠니?"

나래는 선뜻 내키지 않았지만 사과를 깎았다.

"우리 식구들끼리는 비밀이 없어야 하지 않겠어요? 할아버지는 왜 우리한테 저 아주머니를 당당하게 소개하지 않는 거예요?"

"얘야, 조용히 해, 어른들이 말씀 중이신데."

"엄마도, 어른들! 어른들! 언제부터 그렇게 살았어요?"

"얘 좀 보게나, 큰일 나겠네, 너 일어서서 너의 방으로 들어가 공부나 해라."

엄마는 얼굴색을 붉히며 나래를 떠밀어 방으로 들어가게 했다.

"좋아요. 난 엄마가 너무나 죄진 사람처럼 그렇게 행동하시는 게 싫다고요."

그렇지만 나래도 자기의 목소리가 응접실 쪽으로 들리지 않도록 매우 조심하는 것은 마찬가지였다.

"참, 어미야, 이리 좀 와 앉아라."

이윽고 할아버지가 엄마를 불렀다. 나래도 바늘에 실 가듯 따라가 그 옆에 앉았다.

"내 자세한 이야긴 다음에 하기로 하고 이 아주머니가 며칠간이라도 우리 집 일을 돕고 싶어 하니까 말인데 너희들 곧 시골에 다녀올 일이 있다고 했지? 아주 잘 되었다. 어미는 집안 걱정하지 말고 다녀오도록 해라. 이 아주머니에게 잔일을 맡겨놓고 말이다."

"그럼, 우리가 돌아온 뒤에도 줄곧 계실 건가요?"

엄마는 가만히 있는데 나래가 나섰다.

"아니지, 딱 이틀이다. 이 아주머니도 자기 집 일을 돌봐야지. 그저

성의가 고마워서 이틀간만 도와달라는 거야. 앞으로 이 아주머니랑 친척같이 잘들 지내고 일이 많을 때는 연락해서 도와달라고 하면 하시라도 오시겠다니 그건 어미 네가 알아서 해."

무슨 영문인지도 모르면서 엄마는 '네네!' 하고 물러나는 것이었다.

"그럼 내일 오후에 다시 오겠삽네다. 감사합니다. 어르신네!"

나래는 아주머니가 대문 밖을 나서자마자 할아버지 앞에 당돌하게 앉아서 따져 물었다.

"할아버지, 저 아주머니가 누구신데 금방 집안일을 도와 달라는 건가요?"

"그렇게 알고 싶니? 내참 세상에는 비밀이 있을 수 없어. 할 수 없이 어린 손녀딸에게 털어 놓아야 하지 않겠소?"

할아버지는 할머니의 허락이라도 떨어져야 할 것처럼 할머니를 바라보며 빙그레 웃었다.

"뭐 대단한 일이라고. 숨길 필요가 있으세요?"

할머니는 대수롭지 않은 듯 일어서서 자리를 비켜주었다.

"어머나, 할아버지. 정말 좋은 일 하셨어요."

나래는 처음과는 달리 할아버지의 이야기를 대강 듣고 나서 큰소리로 떠들어댔다.

"녀석도 변덕스럽긴."

부엌에서 엄마가 나래에게 눈을 흘기는 줄 알면서도 나래는 손뼉까지 치고 나서 할아버지의 볼에 살짝 뽀뽀까지 하였다. 그도 그럴 것이 할아버지가 다니는 노인 대학의 수위 아저씨가 대학 시험에서

11. 현대판 심청이 127

용케도 합격된 아들의 등록금을 마련치 못해 걱정한다는 소식을 전해 듣고 나래 할아버지가 남몰래 이를 도와주었다니 말이다.

"할아버지께서 그 많은 돈이 어디에 있으셨어요?"

"이놈아가 이 할아비 벌거벗고 나가 앉으면 너희들이 모른 체하겠니? 그 힘 믿고 그동안 절약하여 모은 용돈을 털어놓은 게지."

"그러니까 미국에서부터 모으신 돈이겠네요?"

할아버지는 그 물음에는 대꾸를 안 하고 그저 미소만 지었다.

"그런데 어떻게 할아버지인 줄 아셨대요?"

"그러니까 믿을 사람이 없다는 게 아니겠니? 절대로 가르쳐 주면 안 된다고 그토록 당부를 해놓았건만, 그 아주머니 고집도 어지간하니까 안 가르쳐주고는 못 견딜 것 같아서 그랬을까? 하하하하!"

나래는 금방 엄마 곁으로 쪼르르 달려와 그 사실을 말했다.

"봐라. 어른들이 하시는 일은 틀림이 없대도!"

입을 삐죽거렸지만 하여튼 마음이 흐뭇하다. 그리고 내일 다시 오겠다는 그 아주머니도 다시 보아야 할 것 같았다.

"사람을 겉만 보고 평가하면 못 쓰는 법이야. 아들을 대학교에 보내기 위해 얼마나 피나는 고생을 하였겠니?"

엄마의 말을 새겨들으며 방으로 건너온 나래는 오래간만에 또 일기장을 펼쳤다.

"보랏빛 망토의 요정아! 내가 너를 자주 불러내지 못하는 것은 그만큼 내 생활이 바빠서란다. 오늘은 정말 기분이 좋구나. 그래서 말인데 오늘 밤은 무조건 너하고만 데이트를 할 거야. 네가 이끄는 데로 따라갈 테니 아주 멋지고 신비한 나라로 날 안내해주렴. 알았지?"

나래는 일기장을 책꽂이에 다시 꽂아놓은 다음 일찍 잠자리에 들었다.

'내일 모레는 여옥의 착한 얼굴을 만나보고 또 최경진 선생님도 만나볼 수 있겠지. 이제 개학일도 며칠 남지 않았구나. 보고 싶은 친구들!'

12. 풍선 속의 종이학

중학교에서의 마지막 겨울 방학은 나름대로 크고 작은 의미를 던져주고 그렇게 쉽게 지나가 버렸다. 그런데 개학하고 일주일도 안 되었는데 내일 모레가 졸업식이란다.

방학 동안에 밀려놓았던 온갖 수다들을 풀어헤칠 틈도 없이 이제 시간이 다 되었으니 그만 자리를 비우고 떠나라 하는 게 아닌가.

섭섭하다. 아니 안타깝고 싫다. 무어 그리 미련을 남길 필요조차 없을 것 같았는데. 왠지 정든 교정을 떠난다는 게 어머니의 품을 떠나 멀리 타국으로 쫓겨나는 기분이 들기 때문이다. 그러고 보니 전화연이 저 혼자서 무엇인가 열심히 낙서를 하고 앉아 있다. 영예의 최고 점수를 기록한 화연이 친구들을 초대하려던 계획을 취소하고 저희 아버지와 함께 전주까지 여옥이의 병문안을 오지 않았던가. 나래와 정숙이 병원에서 만난 친구들끼리 서로 의아해 하며 영문을 몰라 했지만 뒤에 알고 보니 속사정이 있었던 모양이다.

보육원 원장님이 어떻게 가운데서 설득을 시켰는지 자세히는 알 수 없으나 어쨌든 화연이 졸업을 하는 즉시 미국에 있는 생모의 초청으로 그곳에 가서 고등학교에 진학한다는 소문이 학교 전체에 퍼져 있지 않은가. 잘 됐다고 해야 할지, 못됐다고 해야 할지 누구 한 사람 화연에게 용기 있게 다가가 말을 붙일 수가 없었다.

요즈음은 인문계 커트라인에서 탈락된 아이들이 부모의 체면 등을 생각해서 재수를 하지 않고 해외로 도망치듯 나가 진학을 한다는데. 화연인 그 상황과는 영 반대의 입장이니 말이다.

"정말 소문이 맞는 거니? 미국으로 간다는 게?"

어렵게 다가간 나래가 화연의 어깨에 손을 얹으며 낮은 소리로 물었다. 고개를 들어 나래를 쳐다보는 화연의 눈동자가 촉촉하게 젖어 있었다.

"정말인가 보구나. 언제 떠나는데?"

화연인 대답대신 손가락을 쫙 펴 보인 다음 고개를 푹 숙여 버렸다.

"닷새 후? 너무 빠르구나. 잘 가! 화연아, 넌 항상 그랬듯이 어디서나 잘 해낼 거야."

더 건드리면 안 될 것 같아 나래는 뒤로 물러나 자리로 돌아왔다. 화연이 남몰래 많이도 울었겠지만 아이들 앞에서 눈물을 보인 건 이번이 처음이자 마지막일지도 모른다.

"얘들아, 내가 말한 대로 다들 준비했지? 그럼 지금부터 종이학과 그림엽서를 거둘 테니 모두들 협조해 주시면 고맙겠습니다."

"물론이지요. 저도 도와드리겠습니다."

정숙이 앞에 나가 아이들을 둘러보며 말하자 소라도 함께 일어섰다.

"자, 일단 여기 빈 상자에 넣어 주십시오. 한 사람 앞에 20마리씩 틀림이 없겠지요?"

정숙은 1분단 앞에서부터, 소라는 4분단 끝에서부터 천천히 걸어 나갔다.

드디어 꿈도 많고 사건도 많았던 중학 생활에 종지부를 찍고 대단원의 막을 내려야 할 시간이 되었다.

'축 졸업!'이라고 적혀 있는 플래카드 아래 커다란 화환이 양 옆으로 자리한 단상 위에는 교장 선생님 이하 그동안 애써 가르치고 이끌어주신 선생님들이 나란히 앉아 졸업생들을 둘러보았다. 특히 3학년 담임 선생님들은 맨 앞줄에 앉아 1년 동안 애태우며 지켜보아온 제자들 한 사람 한 사람의 앞날을 상상이라도 하는 모양, 사색하듯 약간은 멍한 표정을 짓고 있었다.

해마다 거의 비슷하게 진행되는 식순에 따라 교장 선생님의 인사 말씀과 육성회 회장님의 축사가 있은 후 졸업생 대표가 졸업장을 받았다. 나래가 우등생 대표로 상장을 받아들고 두 발짝 뒤로 물러나 인사를 할 때 우레와 같은 박수 소리가 교정을 가득 메웠다.

특별상에 전화연, 그 밖에 교내·외 행사에서 모범을 보이거나 학교의 이름을 빛낸 아이들이 공로상을 받는 등, 3년 개근, 3년 정근, 그 많은 상중에서 한 가지도 받지 못하는 아이들도 있었다. 섭섭하고 후회스러운 마음이야 표현할 길이 없으련만 운동장에서의 졸업식은 누구의 이름이 불려졌는지, 어쨌는지 분간할 수가 없어 한편으로는 다행스럽다고나 할까. 2학년 학생의 송사에 이어 소연이가 답사를 읽었다.

「스승님들의 너그러운 마음만 믿고 마냥 어리광을 피우며 때로는 버릇없이 굴었던 일. 만우절에는 골탕 작전을 세워 선생님을 난처하게 하거나 당황하게 해드렸고, 체육 대회가 열리던 날에는 모든 젊음을 불사르며 함성을 지르고 마음껏 뛰놀았지요. 사제지간 마라톤 대회에선 행여 선생님에게 질세라 젖 먹던 힘을 다해 운동장의 트랙을 달려도 보았으며, 가장 행렬로 사회의 모순을 비판해보는 등 우리는 진정 열려진 새장 안에서 자유가 없다고 철없이 외쳐대기만 한 것 같습니다. 시험공부가 하기 싫다고, 교복을 벗어 던지고 자유롭게 살고 싶다고, 때때로 선생님을 원망하고 미워도 했습니다. 그러나 스승님! 이제 저희는 조금은 성숙해진 모습으로 스승님 곁을 떠나려 합니다. 한 그루의 나무가 어느 곳에 뿌리를 내렸느냐에 따라 튼튼한 재목감으로서의 구실을 다 해낼 수 있듯이 훌륭하신 스승님의 가르침을 밑거름으로 삼아……」

또랑또랑하게 울려나오던 소연의 음성이 점점 가라앉는다 싶더니 드디어 울먹거리기 시작하여 글의 내용을 알아들을 수가 없었다. 여학생들이 자리한 오른편에서는 아까부터 눈물을 닦아내고 있는 아이들이 간혹 눈에 띄더니 그 수가 점점 늘어나고 있었다. 교가 제창을 할 때는 재학생이 있는 뒤쪽에서만 제대로 가사가 들려올 뿐 졸업생석에서는 부르다가 그치다가 하는 양이 대부분 자기의 감정을 억제

하느라 인간 힘을 다하는 것 같았다.

"자, 모두들 고개를 들어요."

빈 선생님이 교실에 들어온 줄도 모르고 아이들은 제각기 책상 위에 엎으려 소리 안 나게 흐느끼고 있었다.

"이제는 더 이상 선생님의 잔소리를 듣지 않아 시원하겠군요. 아마도 빨리 이 교정에서 벗어나고 싶은 마음 한결 같을 테니 내 되도록 쉽게 끝내도록 노력하겠습니다."

"아니에요. 선생님. 더 있다 갈래요."

"내일부터는 우리가 오면 쫓아내실 건가요?"

아이들은 어느새 비 갠 날 채송화처럼 활짝 웃으며 또다시 정다운 농담을 쏟아놓았다.

"자, 지금부터 아까 운동장에서 대표들이 받아온 상장과 메달들을 전해주겠습니다."

"먼저 화연인 특별상 그러니까 연합고사 만점으로 학교의 이름을 빛낸 상입니다. 축하한다. 자, 나하고 악수할까?"

선생님은 화연의 목에 메달을 걸어주고 악수를 하자고 손을 내밀었다. 화연이 조금 망설이더니 선생님의 손을 덜컥 잡았다. 아이들이 박수를 보냈다.

"미국에 가서도 열심히 해야 한다. 친구들한테도 소식 자주 전하고, 알았지?"

화연은 옛날처럼 으스대거나 남을 얕보는 듯한 표정은 전혀 보이지 않고 오히려 부끄러운 몸짓으로 자리에 돌아와 앉았다.

"다음은 3년 우수상을 받는 사람, 강나래, 마정숙, 신기원, 전화연 그리고 허소라는 앞으로 나오세요."

선생님은 아이들 한 사람 한 사람 모두에게 메달을 손수 걸어주고 악수를 하며 꼭 한마디씩 충고나 격려의 말을 해주었다.

"다음 선행상입니다. 박여옥!"

아이들의 박수 소리에 복도에서 교실 안을 들여다보며 기다리고 있던 학부모들이 잡담을 멈추고 하나같이 시선을 모았다.

"너 같은 제자를 두어서 얼마나 흐뭇한지 모른단다. 계속 부모님께 효도하고 성실하게 살기 바란다!"

담임 선생님이 들려주는 이야기에 학부모님들도 웅성거렸다.

"저 아이가 그 때 신문에 난 아이군요."

"맞아요. TV에도 잠깐 얼굴을 비쳤다고요. 현대판 심청이지 뭐에요."

여옥이 창피하다는 듯 자리로 가 재빨리 앉아버렸다. 개근상, 정근상도 한 사람씩 호명하여 나누어 준 뒤 맨 나중에 졸업장을 내주었다. 선생님은 상장과 메달을 받지 못한 아이들을 위하여 따로 앨범을 준비하였는지 몇 아이들을 앞으로 불러내었다.

"자, 미진아. 내 작은 선물이다. 열심히 노력하고 안내하며 살아가야 해!"

미진도 새 사람으로 태어난 것처럼 얌전하게 선생님이 내민 손을 잡고 약속이라도 하듯 고개를 숙였다.

"진희와 은주도 나오겠니?!"

빈 선생님은 성씨와는 달리 빈틈이 없었다. 졸업생 한 명 한 명 한 사람도 빠짐없이 악수를 하고 격려를 해주었다. 물론 3학년 5반 여학생들에 한에서지만.

"선생님, 이번엔 선생님 차례에요. 저희들도 선생님께 드릴 선물을 마련했거든요."

현희가 명랑하게 말하자 엄숙해져 있던 교실 안이 다시 술렁거렸다.

"그래? 무언지 기대를 해 볼까?"

빈 선생님도 이미 들어서 잘 알고 있을 것이다. 작년 졸업생들 중에서는 담임 선생님에게 졸업 선물로 멋진 상자 안에다 마네킹으로 된 시체 손을 넣어 깜짝 놀라게 한 사건이라든가, 용수철에 매달린 개구리가 튀어나왔다는 등의 해괴한 이야기들을. 그래서 그런지 빈 선생님도 내심 경계하는 모습이 역력하였다.

"여기 있습니다. 선생님!"

소라가 책상 아래에 숨겨 놓았던 선물 꾸러미를 높이 들어 올리며 앞으로 나왔다. 예쁜 포장지로 동그랗게 싸서 리본까지 곱게 묶은 선물을 선생님도 가볍게 들어 보며 싱글벙글 웃었다.

떠나는 마당인데 무슨 짓인들 못하랴 하는 생각이 드는지 선생님은 밖에서 기다리는 학부모들을 의식하며 선물을 한쪽으로 제쳐놓았다.

"선생님, 여기도 있어요. 오래도록 간직하시고 우리들을 영원히 잊지 마시라고 드리는 선물이에요."

나래의 네모나게 묶은 선물봉지는 의심이 가지 않는지 빈 선생님은 금방 풀어보는 것이었다.

"선생님, 건강하세요!"

아이들이 짝짝짝! 박수를 쳤다. 제각기 다른 그림엽서에 나래네 반 아이들이 1번에서 50번까지 선생님에게 사랑의 편지를 쓴 것이다. 우표가 붙어야할 곳에 자기들의 증명사진을 붙이고 깨알같이 적은 내용들이야 한눈으로 다 읽을 수는 없어도 정성이 깃든 편지임에 분명하였다.

'선생님, 결혼을 축하해요. 최경진 선생님과의 사랑이 영원하시길 빕니다.'

'행복한 가정 이루시고 말괄량이 우리들을 잊지 말아 주세요. 사랑하는 제자가 초록 색깔로 쓴 이 편지는.'

언뜻 넘겨 보건데 내용이야 거기서 거기로 비슷비슷 하겠지만 시화처럼 삽화도 그려놓고 코팅까지 하여 25장식 고리로 묶은 두 권의 작은 엽서철은 선생님을 매우 흡족하게 하였다.

"선생님, 그 동그란 선물도 풀어 보세요. 빨리요!"

아이들의 독촉에 선생님은 마지못해 리본을 풀었다. 그리고는 조심스레 포장지를 풀어헤쳤다.

"선생님의 소원이 모두 이루어지시길 진심으로 바랍니다. 말괄량이 일동."

작은 쪽지가 먼저 튀어나오더니 예상 밖으로 여자 아이들이 보낸 선물은 노란색 풍선을 알맞게 불어놓은 것이었다.

그 풍선 속에는 색색이 곱게 접은 종이학이 가득 들어 있었다.

"누가 이 많은 학을 다 접었니? 공부는 안 하고."

선생님은 빙그레 웃으며 말랑말랑한 풍선을 만지작거리며 나무라듯 물었다.

"제가요!"

"누구야? 접은 사람만 손들어 봐!"

아이들은 또 다 함께 손을 들었다.

"하하하하!"

"호호호호!"

선생님도 아이들도 모두 깔깔거리고 웃었다.

"실은요. 한 사람 앞에 20마리씩 접었어요. 개학 후에 반장이 내준 숙제였어요."

숙제를 제일 싫어하던 수원이 숙제라는 말을 힘주어 말하자 또 한 바탕 웃음바다가 되었다.

"이제 그만 돌아가야지. 부모님들께서 기다리시는데 운동장에 나아가 기념사진도 찍고 점심도 먹어야지. 선생님은 항상 말했듯이 여러분들 어디를 가나 건강하고 자신의 능력을 최대한으로 발휘할 수 있도록 끊임없이 노력하는 사람이 되어주길 바라겠습니다. 고등학교에 가서도 어려운 일이 생기거나 상의할 일이 있을 때는 아무 때나 찾아와도 좋습니다."

"선생님, 감사합니다. 안녕히 계십시오."

아이들은 하나 둘씩 뒤를 돌아다보며 교실 밖으로 빠져 나갔다.

"선생님. 운동장으로 나가서 우리랑 기념사진을 찍어요. 네?"

몇몇 아이들은 선생님을 둘러싸고 졸랐다.

"그래, 다른 반 아이들은 모두 집에 갔니?"

"네. 진작 끝났어요. 어서요. 밖으로 나가시지요."

"응, 알았어."

빈 선생님은 히끗히끗한 머리카락을 손가락으로 쓸어 올리고는 아이들과 나란히 서주었다.

"선생님, 점심 식사라도 함께 하시지요."

나래 엄마가 빈 선생님에게 정중하게 말했다.

"아닙니다. 학교 식당에서 먹기로 한 걸요."

"참, 선생님도 어쩌면 그렇게도 경진이와 비슷한 점이 많아요."

"아유, 엄마는."

나래는 엄마의 손을 잡아끌며 인사를 했다.

"그래, 잘 가거라. 종종 놀러오고."

"네, 선생님. 봄 방학 때 우리 모두 결혼식장으로 몰려갈 거예요."

나래는 교문 밖으로 나오면서 몇 번이고 정든 모교를 돌아보고 또 돌아보았다.

"바로 이웃 학교로 다닐 텐데 뭐가 그리도 아쉬워서 뒤를 자꾸 돌아다보니? 마음만 먹으면 쉬는 시간에도 다녀가겠다."

엄마와 언니는 나래에게 놀리듯 말했지만 나래의 기분을 몰라줄 사람들은 아니었다.

"그런데 너희들도 여간 잔망스럽지가 않더라. 언제 종이학을 그리도 많이 접어서 풍선 속에는 어떻게 집어넣은 거야?"

어머니는 어설픈 선물보다는 아이디어가 좋았다고 칭찬을 해주었다.

"그보다도 우리 때는 스케치북에다가 사인을 하여 선생님께 드렸었는데 너희들은 그림엽서에 사진까지 붙이고 그게 더 괜찮던데."

언니도 이젠 칭찬하는 말을 자연스럽게 잘도 하는 걸 보면 확실히 사랑을 하면 예뻐지고 착해지고 너그러워진다는 말이 틀리지는 않나 보다.

"참, 우리 노총각 선생님. 그 풍선이 터지면 안 되는데. 예쁜 유리병에라도 옮겨 담으시라고 말씀드려야 했는데."

나래는 점심을 먹다말고 일어서려 했다.

"지금 그 말씀을 드리러 학교로 달려가겠다는 거니?"

"네, 우리 선생님 겉보기와는 달리 털털하시거든요."

"그만 두어라. 너희들이 준 선물인데 어련히 간수를 잘 하시려고."

엄마가 말리는 바람에 엉거주춤하게 서 있는데 식당 저 쪽 구석에서 형석이가 손을 흔드는 것이었다.

"어머나, 최경진 선생님!"

나래가 소리치자 식당 안 여기저기서 사람들이 나래를 쳐다보았기 때문에 그만 얼굴이 빨개진 채 자리에 앉았다.

"너 방금 뭐라고 했니?"

"저기요, 최경진 선생님 맞지요?"

나래가 잘못 보지는 않았나 하고 눈을 비비며 형석이 앉아 있던 쪽을 유심히 바라보는데, 벌써 저쪽에서 두 사람이 이쪽 자리로 걸어오는 것이었다.

"아니? 경진이 언제 올라온 거야? 소식도 없이. 그리고 이 학생은?"

"안녕하십니까? 지난 번에 한번 뵈었지요?"

"응 맞아, 최 선생 시상식에서. 그래, 그 학생이구먼."

"네, 고형석입니다."

형석인 자기의 이름을 큰 소리로 자랑스럽게 말하는 것이었다.

"참, 아까 내가 상장을 준 학생인데 금방 잊었네, 맞아. 어머니회장 상을 받았었지?"

"예, 이제 기억이 나시나요?"

이제 보니 형석이 또 능청을 떨고 있구나 하고 나래는 눈을 흘겨주었다.

"그런데 어떻게 된 거야?"

하지만 엄마와 언니는 형석이 쪽보다도 최 선생님에 대해 더 궁금해 하며 자리를 내어 주었다.

"실은 이 아이들 졸업식에 꼭 참석하려고 새벽부터 서둘렀는데 서울역에서 학교까지 오는 시간이 너무 많이 걸리는 바람에 식이 다 끝나고서야 도착했지 뭐야?"

"어머나, 얘는 그렇다면 어제 올라와서 나하고 하룻밤을 지내거나 오늘 도착하여 나한테 전화하지 않고."

"엄마도, 빈 선생님도 계시는데 왜 엄마한테 전화를 해요?"

"어머나, 그러니?"

나래의 말에 어른들도 언니도 형석이도 하하하 웃었다. 웃는 소리에 식사를 하던 졸업생 아이들 중에는 최 선생님을 알아보고 반갑게 달려와 인사를 한 뒤 다시 제자리로 돌아가 앉았다.

"내 그런 오해를 받을까 봐서 오늘 새벽에 출발한 거다. 그런데 아침 출근 시간이라서인지 차들이 밀려 움직일 줄을 모르더구나. 난 이제 서울 생활은 못할 것 같은 생각이 들었어. 졸업식 시간에 대야 한다고 공연히 택시 기사 아저씨께 투정을 부리다가 야단만 맞았지 뭐야."

"그런데 형석은 어떻게 만나셨어요?"

나래가 형석일 끼워주지 않으면 아예 불청객 같은 기분이 들까봐 은근히 챙겨주는 아량을 베풀었다.

"글쎄, 졸업식이 다 끝난 뒤에야 나타나는 것도 민망스러울 것 같고 해서 어찌할까 망설이다 기왕 왔으니 빈 선생님이나 만나 뵐까 해서 올라오는데 졸업생들이 한꺼번에 쏟아져 나오더구먼."

"됐다. 그만 해라. 빈 선생님 생각만 했지 우리들 생각은 안 했었지?"

엄마는 또 질투라도 하듯 뾰로통하여 가지고 눈을 슬쩍 흘겨주었다.

"아니야. 실은 내가 가르쳤던 3학년 5반 학생들이 제일 보고 싶었지. 또 형석이 생각도 많이 하면서 올라왔단다. 그런데 마침 형석일 교문 밖에서 만나게 되어 얼마나 다행이던지. 우선 식사부터 하자고 방금 데리고 들어온 거야."

"아니, 이 학생은 졸업식장에 아무도 나와 주지 않았었니?"

나래는 형석에게 묻고 있는 어머니의 옆구리를 툭툭 건드리며 더 이상 질문을 하지 말라고 눈짓을 했다.

"응, 이 아이 부모님은 현재 외국에 계시거든. 그러니까 내가 엄마 대신 점심을 사주겠다고 허락을 받아낸 거지."

"그랬어? 이 학생과는 어떻게 잘 아는 사이야?"

엄마의 호기심도 대단하였다.

"아휴, 자기가 가르친 제자에게 점심 한 끼를 사 준다는데 무슨 사이냐고 묻긴?"

최 선생님이 딱 잘라 말하자 나래는 후유! 한숨을 내쉬었다. 혹시라도 어머니가 별 뜻 없이 하는 말 속에서 형석의 자존심을 상하는 부분이 있을까봐 내심 초조했었기 때문이다.

"실은 이 꽃다발도 빈 선생님이 사주셨어요."

"어머나? 빈 선생님에게 그런 자상한 면이 있는 줄 전혀 몰랐었네."

엄마는 최 선생님을 흘끔 훔쳐보며 장난스럽게 말했다.

"자, 그럼 빨리 먹고 비켜 주자구나. 앉을 자리가 모자라나 봐. 학교 주변에 음식점이 적어서."

그러고 보니 자리가 나기만을 기다리고 서 있는 사람들도 적지 아니 문 앞쪽에 꼬리를 물고 서 있었다.

"참, 선생님, 저희들이 종이학을 접어서 빈 선생님께 드렸는데 우선 풍선 속에 넣어 드렸어요. 마땅한 용기가 없어서."

"그랬어? 이 아가씨들이 또 솜씨를 부렸나보구나."

"그걸 그냥 버리시지 말고 선생님께서 예쁜 유리병에라도 옮겨 담으시어 오래도록 간수해 주셨으면 하는 부탁말씀이에요."

"아유, 그래. 알았다. 이사를 할 때 장롱은 못 가져 가더라도 너희들의 정성이 담긴 종이학만은 꼭 챙길 테니 염려 놓으렴!"

최 선생님은 안 보아도 알겠다는 듯이 금방 나래의 말을 받아 시원스럽게 대답을 해주었다.

"그래, 나영인 권 선생님을 자주 만나겠지?"

최 선생님은 화제를 돌리려는 듯 나영 언니에게 말을 건넸다.

"네, 아까 우리 졸업식에도 잠깐 들르셨어요. 우람이와 함께."

언니 대신에 나래가 나서서 대답했다.

"우람이가 누구야?"

형석이가 매우 관심 있게 물었다.

"응, 있어. D외고 졸업반, 왜 알고 싶니? 내가 제일 좋아하는 오빠야. 난 이 꽃다발을 그 오빠한테서 받았다고."

나래는 자기 옆에 놓여 있는 몇 개의 꽃다발 중에서 노란색과 빨강색이 곱게 어울린 꽃다발 하나를 들어 올리며 자랑하듯 말하였다.

"응, 그런 오빠가 있었니?"

형석인 꽃다발보다는 나래의 두 눈을 똑바로 쳐다보며 원망스러운 듯한 목소리로 중얼거렸다.

"얘, 나래야! 그러면 못 써! 남자친구를 놀리긴. 응, 우람인 우리 친척이야. 형석이가 신경 쓰지 않아도 되는."

나영 언니가 두 사람의 이야기를 계속 듣고 있었던지 빙그레 웃으며 말을 거들었다. 아닌 게 아니라, 엄마와 최 선생님은 빨리 일어서자고 말로만 해놓고는 정신없이 두 사람만의 이야기를 주고받고 있었다.

"참, 언니도."

나래와 형석의 얼굴이 빨개졌다.

"형석이가 우리 나래를 좋아하는 것 아니야?"

평소의 언니답지 않게 엉뚱한 질문까지 하는 바람에 나래는 공연히 말을 잘못 꺼냈다가 도리어 형석이 앞에서 망신을 당하고 있구나 생각했다.

"아닙니다. 나래는 나 말고도 좋아하는 남학생들이 얼마나 많은데요. 전 그저 좋은 친구로 사귀고 싶을 뿐인 걸요."

형석인 능글맞게 잘도 둘러대며 변명을 하였다.
"그럼, 물론이지. 그 나이에 이성에 대한 관심이 전혀 없다면 거짓말이지. 그래, 좋은 친구로 사귀는 것이 매우 중요한 거야. 서로의 인격을 존중하며."

13. 더 고운 빛으로

　언니는 마치 선배의 입장에서 타이르듯 그러면서도 아주 자연스럽게 이성 교제에 대하여 일가견을 펼치려 하였다.
　"우린 같은 학교 동창생이라는 것 이외에는 다른 뜻이 없어요. 어디 여학생이 없어서 나래처럼 작고 못생긴 아이의 뒤를 쫓아다니겠어요?"
　형석이 또 얼굴 표정을 바꾸며 능청을 떨자 언니도 나래도 하하하 웃었다.
　"우리 나래만큼 깜찍하고 귀여운 여학생도 그리 흔치는 않을 텐데?"
　"언니는, 오늘 따라 왜 이래?"
　언니 말이 정작 싫지는 않았지만 언니가 갑자기 터놓고 활달하게

대하는 것이 왠지 못마땅하게 생각되었다

"고형석! 잘해 보더라고!"

돌아다보니 동우였다.

"엄마, 빨리 일어서요. 무슨 이야기가 그리도 길어요? 나머진 우리 집에 가서 하시고요."

순간적으로 나래는 최 선생님 앞이라는 걸 잊은 것처럼 엄마를 졸랐다. 그것은 장난꾸러기 동우가 또 어떤 헛소문을 퍼뜨릴지 은근히 겁이 났기 때문이었다. 나래가 엄마의 어깨를 흔들자 두 사람이 벌떡 일어났다.

"선생님, 저는 동우 녀석 옆에 가서 맛있는 것을 더 좀 얻어먹고 가겠습니다. 오늘은 정말 감사했습니다."

음식점 밖에까지 따라 나와 인사를 하고 나서 형석인 다시 음식점으로 되돌아갔다. 아마도 나래네 일행을 따라 나서기가 서먹하기도 했겠지만 동우의 입을 막아놓으려는 속셈인 듯싶었다. 시간이 꽤 지났는데도 학교로 들어가는 골목길은 계속 붐비었다. 그것은 옆 학교인 D중학교의 졸업식과 D남고와 D여고, D외고 등 같은 재단 안에 있는 학교들이 시간을 엇갈리게 잡아 오늘 내일 사이 졸업을 시키기 때문일 것이다.

"어이구, 극성도, 다른 학교도 많은데 하필 이 골목 안에 있는 저 학교로만 넣고 싶은 이유는 뭘꼬?"

나래 엄마가 골목 양 옆에서 꽃을 팔고 있는 아줌마들을 둘러보며 멋지게 챙겨 입고 부지런히 D학교 쪽으로 올라가고 있는 어른들을 가리키며 말했다.

"누가 할 소린데? 사돈 남 말하시긴. 왜 당신은 나래를 굳이 D외고로 보냈는데?"

"그야, 우린 집이 이 동네에 있으니까 그렇지. 한강 다리 건너 강남 사람들까지 모두 이쪽 학교로 보내려 하니까 고등학교 때부터 입시 경쟁이 치열해지는 게 아니야?"

"알고 있으니 다행이다. 요즈음 매스컴에서 떠들어대는 대입 대리 시험 운운하는 것들이 모두 제분수를 모르는 '어부인'들의 지나친 허세 때문이라고."

집에 와서도 엄마와 최 선생님은 또 대입 고사 이야기로 화제를 돌려 끊임없이 대화를 나누었다.

"참, 오늘 답사는 누가 읽었었니?"

"네, 소연이가 읽었어요."

"그래 소연이가 학생회장이었지? 우리 나래는 무슨 상 받았니? 특별상?"

"이름이야 그렇지만 화연이 가장 좋은 상을 받았지요. 화연이 받은 상이야말로 이름 그대로 특별상이니까요."

"나도 그 소식은 들었어. 병원에 입원해 있으면서 시험을 봤다고?"

"네, 만점을 받았으니까요. 그런데 내일 모레 미국으로 떠난대요. 친어머니를 쫓아서."

엄마와 최 선생님은 더 이상 그 말에는 대답을 안 하시고 나영 언니가 내다준 커피만 조금씩 마시는 것이었다.

"내일은 우람이 졸업하는 날이니까 우리 모두 함께 가서 축하를 해 주어야겠구나."

조금 늦게야 나래는 왜 어른들이 화연의 이야기를 중단했는지 알 것 같았다.

"선생님도 가주시겠어요?"

나영 언니가 기뻐하며 물었다.

"여기서 안 자고 가면 친한 친구 하나 잃을 것 같아 하룻밤 묵기로 했어. 어차피 쉬어 가며 D외고 졸업식장에나 가보아야겠어. 권 선생님도 만나고."

"고맙습니다. 그런데 선생님 결혼식은 언제 어디서 하시는지요?"

나영 언니는 그것이 제일 궁금한 듯 물었다.

"봄 방학을 이용해서 조촐하게 할 예정이야. 여러 사람에게 알리지도 않고 시골의 작은 예배당에서."

"예배당?"

"교회를 그렇게 말하는 거래요. 그럼 저희는 초대하는 거죠?"

"글쎄, 청첩장도 안 만들기로 빈 선생님과 약속했거든."

"그런 게 어디 있어요. 평생에 한번 있는 건데."

나래도 실망이라며 최 선생님 곁으로 가까이 가서 다음 말을 기다렸다.

"권 선생이나 나영이 결혼식이야 많은 사람의 축복을 받으며 올려야겠지만 우리들이야 그저 두 사람의 뜻이 그러함을 하느님께 고하는 걸로 만족해야겠지. 예식장에다 쏟아 넣는 경비를 절약하면 불우이웃에게 작은 장학금이지만."

"참 맞다. 너 그 아이 등록금을 3년간 책임지겠다고 약속했다지? 넌 치마폭이 너무 넓어. 자기네 학교 학생들 뒷바라지도 거창하면서."

엄마가 약간은 부러운 듯 그러면서도 융통성 없는 최 선생님이 조금은 가엾다는 듯 걱정스러운 말투로 말했다.

"그 아이라니요? 엄마!"

"너도 알지 않니? 시골에서 산다는 효녀 아이 말이다. 그 아이 이름이 뭐랬더라?"

"어머나, 박여옥이 말인가요?"

"그래."

엄마의 대답이 끝나기도 전에 나래는 최 선생님을 양팔로 꼭 껴안았다.

"선생님은 역시 다른 분이세요. 남을 위해 자기를 태우는 촛불처럼."

"애 좀 보게, 공자 앞에서 문자 쓰네?"

어머니가 놀리는 바람에 나래의 얼굴이 빨갛게 변했다. 그도 그럴 것이 소설가 최 선생님 앞에서 자기가 얻어들은 문구를 그럴듯하게 적용했지만 확실히 그 말이 이런 때 쓰는 말인지 어떤지 그저 버릇없이 튀어 나온 말이 유죄였다.

"어디서 좋은 말은 얻어들어 가지고. 하하하!"

엄마는 계속해서 나래를 난처하게 만들었고 선생님과 언니도 따라서 웃었다.

"실은요, 여기 졸업 앨범 편집 후기에다 제가 이렇게 썼거든요."

나래는 우선 합리화를 시켜 곤경을 모면하고자 테이블 위에 앨범을 올려놓고는 자기 방으로 도망치듯 들어와 버렸다.

"어쩜, 교장 선생님께서는 정년을 일 년 남기셨는데 이렇게도 정정

하시니?"

"맞아, 그런데 빈 선생님이 교감 선생님보다 더 늙어 보이더구나. 누가 이 분 더러 새 신랑감이라고 하겠어? 하하하하!"

나래가 예상한 대로 엄마와 선생님은 앨범에 실린 선생님들의 사진을 하나하나 평가하며 즐거운 시간을 보내고 있었다.

"그치? 너무 늙었지? 흰 머리에 염색이라도 하면 나을 텐데."

"넌 어쩌고. 그 파마머리에 드라이도 좀 하고 예쁘게 가꾸라고. 결혼을 앞둔 처녀가 마사지도 해야지."

"그럴까? 하하하!"

방 안에까지 들려오는 목소리에 나래는 귀를 세우고 들으며 생각했다.

"소연이 읽은 답사가 아주 멋졌어. '한 알의 밀알이 썩어야만 풍성한 열매를 거둘 수 있듯이 선생님들께서는 희망과 이상을 안고 떠나가는 저희들에게 한 알의 밀알이 되어주셨음을 오래도록 잊지 않겠습니다. 그리고 선생님의 가르침대로 나보다 남을 먼저 생각하는 사람이 되겠습니다. 선생님들의 후광을 받아 나를 태워 더 고운 빛으로 밝게 밝게 비추겠습니다.'"

나래는 다른 선생님보다도 최 선생님이 꼭 그 답사 내용을 들었어야 했는데 하는 아쉬움을 가지고 책꽂이에 꽂인 일기장을 꺼내어 거기에 그 내용을 그대로 옮겨 적었다.

맨 끝에 '난 행복한 아이야. 내 주변에는 존경할 만한 분들이 너무 많아'하고 곁들여 써놓았다. 저녁 시간에는 어김없이 빈 선생님과 권 선생님이 집으로 초대되었다. 할머니와 할아버지께서도 그 두 분을 너무나도 반가워하며 맞이했다.

"사람이 사는 집은 항상 이렇게 북적거려야지. 절간처럼 조용하면 못쓴다!"

할아버지는 집안에 모인 여러 사람들을 둘러보시며 흐뭇해 하셨다.

"나래야, 뭐하는 거야? 오늘 같은 날 즐거운 노래를 불러야지."

아빠는 집안에 두 사람 이상의 손님만 오면 꼭 나래를 불러내어 피아노를 치게 했다. 은근히 딸자식 자랑이라도 하는 것처럼.

수선스럽던 아이들이 모두 떠나간 교정엔 메마른 나무와 그 아래 벤치를 감싸고도는 찬 기운만이 미련이 있어 다시 찾아온 아이들을 을씨년스럽게 맞아 주었다.

"왜 하필이면 이곳에서 만나기로 했니? 아직은 추운데, 누구네 안방에서 만나지 않고."

"아서라, 이는 꽃샘바람이라는 거다 알기나 하냐? 우리네 가시내들처럼 질투심 많은 것이 쫓겨나는 신세에 꽃이 피는 걸 시샘하며 최후의 발악을 한다니께. 너희들 매화나 진달래, 개나리 등은 흔히 보았겠지만 이른 봄에 피어나는 수선화를 좀 보거라. 그 연약한 풀꽃이 꽃샘바람을 이겨내고 얼마나 청초한 모습으로 곱게 피어나는지."

"또 한 작품이 나오는구나. 알았다. 그만하면 됐다."

소연인 정말로 질투가 생기는지 여옥의 야무진 입을 꼭 틀어막으며 그만두게 했다. 어쨌든 여옥이 별 생각 없이 하는 말 같지만 똑같은 사물일지라도 보는 눈이 달랐다. 그러하기에 자신의 어려운 처지를 슬기롭게 극복하고 지금 고등학교 문턱에 서 있기는 매한가지 아닌가. 한때는 눈 먼 남동생을 소재로 하여 '눈부신 아침 햇살'이라는 작품으로 글 솜씨를 인정받더니만, 현대판 효녀 심청으로 뭇사람들의 시선을 모았던 아버지에게 드린 콩팥 이야기를 수기로 써서 보낸 것이 모 잡지사에서 일등으로 뽑혀 문학상을 받았던 것이다.

"그래. 여옥이가 상을 받은 작품의 제목이 뭐였더라?"

정숙이 고개를 갸우뚱거리며 여옥을 바라보았다.

"그건 알아서 뭐하게? 빨리 문집이나 찾으러 가자."

"그래, 다섯 명이면 다 온 건가? 좀더 우리가 빨리 서둘렀다면 졸업 전에 나누어 가졌을 텐데."

나래는 자신이 게으름을 피워서 학급 문집이 늦게 나온 것 같아 미안한 표정을 지었다.

"그게 어디 너나 우리 탓이냐? 작품을 늦게 낸 아이들 탓이지. 어쨌든 우리 손으로 직접 쓴 글씨가 복사되어 나오니까 더 정답게 느껴질 거야."

아이들은 다시 교문 밖으로 나오며 문집 이야기를 하면서도 떠나오는 교정을 아쉬운 듯 돌아보고 또 돌아다보았다.

"아, 님은 갔지마는 나는 님을 보내지 아니하였습니다."

"오늘도 내일도 아니 잊고 먼 훗날 그때에 잊었노라."

길모퉁이 헌책방까지 걸어오는 동안 다섯 명의 아이들은 돌아가면서 아름다운 싯귀를 한 구절씩 릴레이식으로 읊어대었다.

"이제 너의 뿌리 깊이 영혼을 불어 넣어도 좋으련만. 플라타너스, 나는 너와 함께 신이 아니다."

"아저씨, 저희가 부탁한 학급 문집 다 되었어요?"

"그래, 부지런히 했지. 자, 이리로 들어와서 너희들이 겉표지만 풀로 잘 붙이면 된다."

"감사합니다. 아저씨!"

"감사하긴. 내가 좋아하는 일이니까 도와주었지. 싫은 일 같으면 억만금을 준다 해도 하지 않지."

헌책방 아저씨는 젊은 시절에 자기도 잠깐 교직에 있었다면서 아이들이 부탁한 일을 흔쾌히 승낙했던 것이다.

16절지에 나름대로 모양을 내어 글을 쓰고 그림을 그려 넣은 작품들을 아저씨가 책방 안에 있는 복사기로 모두 복사해서 철을 하고 제본까지 깔끔하게 해놓고 겉표지만 붙이라니 얼마나 고마운 일인가.

"이래서 저희들이 아저씨를 존경한다니까요."

"이놈들아, 존경한다는 말은 그렇게 면전에서 하는 게 아니란다. 속으로 하는 거지."

"네, 알아요. 아저씨."

입으로는 계속 재잘거리면서도 아이들은 손놀림을 빨리 했다. 겉표지를 잘 접어서 선이 생기게 접은 뒤에 접착력이 강한 풀을 조심스럽게 바르고 나서 꼭꼭 눌러 붙였다.

"와아, 파란색 겉표지에 비뚤비뚤 적혀 있는 제목이 아주 매력적인데?"

"그런데 여학생 반 문집치고는 제목이 이게 뭐냐? '말괄량이 합집합?' 차라리 '겨울나무'라든가 '참새 둥지'같은 것이 훨씬 낫지."

"넌 중간에 전학을 와서 잘 몰라 그런 말을 하는 거야. 학년 초에 우리 반 여학생들 얼마나 극성을 피웠던지 우리 5반에 들어오시는 선생님들께서 지어주신 이름이다. 그러니 내용은 안 보시더라도 제목만 보고도 우리 3학년 5반을 떠올리실 걸."

여옥이가 제목이 마음에 들지 않는다 하자 소라가 근거를 확실하게 대어가며 합리화를 시켰다.

"그렇다면 할 수 없제."

비록 중간에 전학을 왔지만 글솜씨 때문에 편집 위원으로 뽑혔으니 그 또한 영광인데 무슨 말을 더 하겠느냐는 듯 여옥이도 고개를 끄덕이었다.

"얘들아. 다 끝났으니까 한 사람 앞에 열 권씩 가지고 가서 책임지고 자기가 맡은 아이들에게 전해줘야 한다. 알았지?"

일을 하다 말고 헌책더미 위에 걸터앉아서 끼룩끼룩 웃어대는 아이들에게 나래가 말했다.

"아유, 너무나 재미있다. 여기 선생님들한테서 받은 앙케이트 말이다."

소연과 소라가 낄낄대며 페이지를 펴보이자 정숙과 여옥이도 다른 문집을 집어 들고 그 쪽을 펼쳤다.

"히야, 우리 선생님 삼행시는 정말 끝내주는데?"

"아니야. 영어 선생님은 어떻고? 10년 후의 자화상을 말해 보라니까 막내를 등에 업고 부인 눈치 보며 설거지를 하고 있을 거라는데?"

"하하하, 지금이야 총각 선생님이시지만 아이를 몇이나 낳으시려고 막내에다 힘을 주었지?"

"하하하하, 사회 선생님은 자신의 외모 중에서 가장 뛰어난 곳과 그 이유를 말하라는 질문에, 송송이 솟아난 수염 몇 개인데 철판을 뚫고 나온 그 의연한 용기 때문이라 답하셨어. 와, 웃긴다!"

"아니, 박여옥, 너는 산문만 잘 쓰는 줄 알았는데 시도 제법인데? 이건 언제 쓴 거야? '도시의 겨울'이라.

'회색빛 문명은 산을 내몰고 네온사인의 어지러운 빛은 어둠을 쫓아낸다. 쫓겨난 어둠은 좁은 골목 사이 차가운 콘크리트 바닥 위에 뒹군다.'"

"그만해. 잘 쓴 글도 아닌데 창피하게."

"야, 강나래도 드디어 실력 발휘를 했는데, 편지글이로구나. '친구에게 친구! 새삼스럽게 이 친구란 단어가 소중하게 느껴집니다. 내가 당신을 친구라고 부르는 것처럼 나 또한 친구라고 불립니다. 나는 친구라고 불리는 것 보다는 친구라 부르는 것이 훨씬 기분 좋은 일이라 생각합니다. 그것은 사랑하는 것이 사랑받느니보다 행복하다는 시를 쓴 시인의 마음과 같은 줄도 모르겠습니다.'"

"얘들아, 그만해. 집에 가서 읽고, 저기 남학생들이 몰려온다."

나래가 문집을 펼쳐들고 큰 소리를 내어 읽고 있는 정숙의 팔을 잡아당겼다.

"나는 당신에게, 당신은 나에게, 우리 모두 서로를 사랑하는 사이가 됩시다. 이제 고운 추억들을 이곳에 접어두고 떠날 시간입니다. 헤어짐은 또 다른 만남을 기약한다 했습니다. 좀 더 성숙한 모습으로 환한 웃음으로 다시 만날 날을 기다리며. 나의 사랑하는 친구여!"

정숙이 아랑곳하지 않고 더 큰 소리로 글을 읽었다.

"그래, 참 좋은 글이로구나. 세상에는 소중한 것도 많지만 친구도

빼놓을 수 없는 귀한 존재이고말고."
 책방 아저씨가 한마디 거들었다.
 "참, 언젠가 누군가가 내게 들려주었던 말이 생각난다.《카네기 처세술》에서 따온 말인데 세상에서 가장 소중한 것은 지금 이 시간, 지금 나와 만난 사람, 그리고 지금 내가 하는 일이라고."
 "야, 그건 내가 너에게 들려준 말이다. 데이트를 한 사람하고만 해야 기억이 확실하지. 여러 사람과 만나니까 헷갈리는 것 아냐?"
 나래가 혼잣말같이 중얼거렸는데 퉁명스럽게 말대답을 하고 나선 아이는 방금 책방 안으로 들어온 남학생들 중의 한 사람이었다.
 "아니?"
 여학생들이 모두 함께 놀라며 문집을 챙겨들고 일어섰다.
 "너, 형석이 아니야?"
 "그래, 아직 이름은 잊지 않았구나."
 "여기 책 사러 왔어?"
 "물론이지. 우리들은 공부벌레가 아니던가."
 장난꾸러기 동우가 다음 말을 받았다.
 그 뒤에서 동현과 병혁이 싱글벙글 웃고 있었다.
 "야, 너희 반 학급 문집을 냈나 보구나. 전에 내가 다니던 학교에서는 전체적으로 교지를 냈었는데. 야, 여유 있으면 한 권만 줄 수 있겠니?"
 형석이 손을 내밀어 말했다.
 "싫다. 우리가 이걸 어떻게 만들어 낸 건데. 번갯불에 콩 구워 먹듯 만들긴 했지만 우리들의 정성이 가득 들어있는 거라고."

13. 더 고운 빛으로

소연이 야무지게 거절을 했다.
"그러니까 선물로 한 권 받자는 거 아니겠니?"
"안돼, 그리고 왜 너희들에게 우리네 속마음을 그대로 보여주니?"
"그러지 말고 한 권만 빌려 보자구나. 내 다 보고 나서 다시 돌려줄게."
"자, 그럼 내가 빌려줄 테니 돌려줄 때 반드시 독후감을 10장 내외로 써서 같이 가져 와야 한다."
정숙이 형석에게 문집 한 권을 넘겨주며 나래에게 눈을 찡긋해 보였다.
"강나래가 쓴 편지글은 형석이 너를 두고 쓴 게 아니라 우리 모두가 대상이니까 오해 하지 말고 읽어라."
정숙이 공연히 놀리는 바람에 나래의 얼굴이 또 붉어졌다. 형석이 그 말이 싫지는 않은 듯 어깨를 두어 번 으쓱거리며 말했다.
"네. 틀림없이 읽고 독후감을 쓰겠습니다."
"자, 그럼 먼저 실례할게."
나래가 먼저 앞장을 서며 책방 문을 열고 나왔다.
"잠깐, 혹시 빈 선생님과 최 선생님의 결혼 날짜와 시간을 정확히 알고 싶어서."
형석이가 뒤따라오며 물었다.
"날짜는 알지만 아무도 초대하지 않으신다 하셨는데? 두 분이 교회에 나가 하느님 앞에서 서약만 하면 된다 하셨어."
"그래? 나는 꼭 가보려고 마음먹었는데 할 수 없지요. 다음에 뵈어야지."

형석이 말하는 얼굴을 보니 매우 섭섭한 표정이 그대로 나타나 있었다.

"자세히는 모르겠지만 결혼 비용을 아껴서."

말을 하다 말고 나래는 스스로 흠칫 놀라며 손으로 입을 막았다. 지금 자기 뒤에 여옥이가 있지 않은가. 최 선생님이 여옥이 학비를 몰래 대준다했는데 하마터면 비밀이 샐 뻔했기 때문이다.

"그 분들이 뜻이 그러하니 멀리서 축하나 해 드릴 수밖에요."

형석이 시종 일관 말을 놓지 않기 때문에 나래도 끝말에 요를 붙였다.

"어머나, 결혼식을 몰래 하시겠다는 거야? 나이는 그렇지만 두 분 다 처녀 총각인데?"

여자애들이 그 말을 듣고 또 한바탕 수다를 떨었다. 여옥이도 그럴 수가 있느냐고 펄쩍 뛰었다.

그러나 나래는 더 이상의 말을 할 수가 없었다.

"다음에 봐요. 바이바이!"

남학생들이 손을 흔들어주며 길모퉁이를 빠져 나갔다.

"참, 여옥인 고모네로 갈거니?"

"응. 내사 거기 아니면 어디서 살겠냐? 난 야간 상고라도 만족하니까."

"요즘은 자격증 시대라 하지 않던? 부지런히 해서 좋은 곳에 취직하고, 대학교도 더 다닐 수 있지 않겠니?"

"맞아, 너희들 그동안 정말 고마웠다. 다음에 만나자!"

여옥인 억지로 눈을 꼭 감았다가 뜬 뒤에 재빨리 뒤돌아서서 가버렸다. 소라와 소연이도 다음 골목에서 헤어졌다.

"정숙아, 고등학교도 같은 학교에 다니고 싶었는데. 미안하다."

"미안하긴, 내가 실력이 없어 외고에 떨어진 건데. 우리의 우정만 변치 않으면 돼. 난 널 믿으니까."

"나도야, 우리 더 가깝게 지내도록 하자."

나래는 정숙의 손을 꼭 붙잡았다. 정숙도 나래의 손을 감아쥐었다.

"나래야, 너도 들었니? 화연이 말이다. 내일 미국으로 떠난다더라. 저희 친엄마한테로. 세상에 비밀이라는 게 없어. 우린 감쪽같이 몰랐지 뭐냐."

"글쎄, 그렇다나 봐."

나래가 벌써부터 그 사실을 알고 있었으면서 숨긴 줄 알면 정숙이 펄펄 뛸 게 분명했으므로 시치미를 뚝 떼었다.

"그 멋쟁이 서예가 사모님은."

"알았으니 그 이야긴 그만 하자. 그 아이도 우리들의 친구였어. 멀리 떠난다니 안 됐어. 어쩌면 여옥이보다도 가슴앓이는 더 많았을 텐데."

"그야, 그렇겠지. 하지만 다시 귀국하는 날이 있겠지. 야, 우리 한용운님의 '님의 침묵'이나 함께 외워볼까?"

정숙은 성격 그대로 활달하게 그러면서도 정감있게 시를 읊었다.

"우리는 만날 때에 떠날 것을 염려하는 것과 같이 떠날 때에 다시 만날 것을 믿습니다."

나래도 가만가만 따라 외웠다.

"저 돌층계, 매일매일 딛고 올라서서 숨을 헐떡이었는데 우리 앞에 더 가파른 길이 기다리고 있을 거야."

정숙이 중학교로 올라가는 돌층계를 바라보며 의미 있게 말했다. 나래는 지난봄에 돌층계 옆 흙먼지 속에다 용케도 뿌리를 내리고 자라난 민들레를 보며 헛된 공상으로 마음 아파하던 때가 떠올라 빙그레 웃었다.

"얘, 생각나니? 노란 민들레꽃 한 송이. 이 맹추 같은 친구야. 너는 더 고운 빛으로 세상을 밝혀주는 촛불이 될 거야. 성공을 빈다."

마음이 울적할 때나 기쁠 때나 항상 언니처럼 다정했던 단짝 친구 정숙과도 헤어져야 할 시간이다.

"잘 가. 안녕!"

정숙이가 매정하게 돌아서서 총총 걸음으로 걷고 있지만 가슴 저 깊은 곳에 흐르는 눈물을 보이지 않으려고 그러함을 나래는 충분히 헤아릴 수 있었다. 서로 통하는 마음이기에.

14. 신입생과 꽃샘바람

 훌쩍 떠나가 버린 졸업생들 때문에 잠시 허전했던 자리엔 신입생들이 들어와 학교는 또다시 활기를 띠고 작년 이맘때처럼 떠나가는 선생님들과 찾아오는 선생님들의 이야기가 한참동안 교정 안을 술렁이게 했다. 따사로운 햇살은 아지랑이를 몰고 와 화단가에 양지를 만들고 짧은 봄방학 동안이었지만 단잠을 자며 고운 꿈을 꾸고 있던 갖가지 교구들도 서서히 기지개를 켜며 일어났다. 하지만 심술궂은 꽃샘바람은 그리 쉽게 물러나지 않을 양으로 학교 뒷동산 여기저기에 숨어서 이따금씩 가시 돋친 찬바람을 운동장 쪽으로 휘익! 내려 보내곤 한다. 마치 꾸러기들이 불어대는 휘파람 소리를 내면서. 빈 선생님은 다섯 손가락을 쫙 펴서 히끗히끗한 머리를 뒤로 젖혀 올린 뒤

새로 맡게 된 1학년 교실 쪽으로 걸어갔다. 말괄량이 합집합! 그 유명했던 3학년 5반 여학생들과의 헤어짐이 아직도 실감나지 않아 3학년 교실 옆을 예사롭게 지나치지 않았다.

드르륵! 출입문 소리에 교실 안은 찬물을 끼얹은 듯 조용해졌다.

'아이고, 이 귀엽고 깜찍한 녀석들! 나도 아무나하고 일찍 결혼을 했더라면 이런 아들딸을 쑥쑥 뽑아냈을 텐데.'

빈 선생님은 혼자서 생각을 하며 빙그레 웃었다.

"흠흠, 자, 여러분 반갑습니다."

작년과는 너무나 대조적인 분위기에 빈 선생님은 오히려 낯설기까지 하여 자꾸만 헛기침을 했다. 초롱초롱 호기심 가득한 눈망울들을 상대로 무슨 말을 먼저 해줘야 할지 망설였다.

"내 이름은 빈지환 선생님이다."

빈 선생님은 칠판에다 자기 이름을 크게 쓰고 나서 일부러 선생님이란 글씨도 그 옆에 또박또박 적어놓았다. 학년 초부터 버릇을 잘 들여 놓아야지 그렇지 않으면 3년 동안 여러 선생님들의 속을 썩일 게 뻔한 일이기 때문이다. 꾸러기, 말괄량이, 천방지축들 생각만 하여도 머리가 아프다. 고등학교에서 중학교로 내려올 때만해도 아주 순진하고 얌전하여 고분고분 시키는 일을 아주 잘 할 거라는 기대를 가졌었는데 고등학생이나 중학생이나 길들이기 나름이라는 걸 알아낸 것이다.

"자, 지금부터 출석을 부르고 나서 자리와 짝을 정해줄 테니 출석 점호가 끝나면 곧바로 복도에 나가 줄을 서야 한다. 김가영, 이빛남, 손 발?"

"으하하하! 웃긴다. 손발?"

아이들은 낄낄대며 웃다가 빈 선생님의 얼굴에서 미소가 싹 사라지자 다시 원상태대로 돌아갔다.

"최고봉, 나명근, 기다림, 강으뜸…."

빈 선생님은 점점 해가 바뀔수록 한글 이름자가 많아짐은 좋은 현상이라 생각하며 출석 부르기를 끝내었다.

"시력이 나쁘다, 귀가 안 들린다 하는 말은 모두 무시하고 키 순서대로 앉는다. 부득이 앞자리로 옮겨야 할 사람들은 안과나 이비인후과에 가서 확인서를 받아오도록!"

그렇지 않아도 겉보기에는 교장 선생님처럼 엄해 보이는 담임 선생님이 처음부터 군대식으로 딱딱 잘라 말하는 바람에 아이들은 어리둥절해하며 침을 꼴깍꼴깍 삼키고 있었다. 올해부터는 이 학교에도 여러 가지 새로운 바람이 불고 있었다. 이것은 순전히 학교 자체에서만의 흐름이 아니라 온통 나라 안이 새로워지겠다고 떠들썩한 때문일 것이다.

라디오를 켜도, TV를 켜도 아나운서들이며 토론을 벌이는 사람들의 입에서도 '새 나라가 밝았습니다' 라고 목소리를 높였다. 교장실에서도 새로이 취임한 대통령의 사진이 바뀌어 걸리고 거리거리 골목마다 '부정부패 척결' '깨끗한 사회 질서' 등의 플래카드가 걸려 있다. 교복 자율화도 그치고 대부분의 학교에서는 정해진 교복을 맞춰 입어야 했는데도 유일하게도 옆 학교인 D중학교, 그러니까 서울 시내 택시 운전사들이 거의 다 잘 알고 있는 사립학교만은 사복을 입고 다녔기 때문에 선배들은 얼마나 그들을 부러워했는지 모른다. 그런데 그 유명한 물론 D외고 덕분에 유명해졌지만 D중학교도 새로 들어오는 신입생들부터는 모두 교복을 입게 한다니 확실히 새로운 봄기운은 Y학교가 있는 비탈진 골목까지 파고드는 게 분명했다. 교문 앞에서 온몸에 힘을 주며 버티고 서 있는 이기자 선생님이 아직도 노처녀인 채로 아이들을 노려보고 서 있다.

"야, 너 머리가 너무나 길어. 남학생은 짧은 스포츠머리, 여학생은 귀밑 1센티미터를 내려오지 못한다는 학교 규칙을 모른단 말이냐? 가위로 싹둑싹둑 잘려야 정신이 나겠냐?"

지난해 갑작스레 회오리바람처럼 교내를 휩쓸었던 단발령 사건, 아는 사람은 생각만 해도 끔찍스럽다고 이구동성으로 말한다. 상급생인 2·3학년들은 그래도 눈치를 살살 살피며 이기자 선생님 곁을 피해 가는데, 지적당한 신입생들은 그대로 울상이 되어 스스로 선생님 옆에 가서 두 팔을 들고 꿇어앉는 것이었다.

"임마, 내일부터 잘 하고 오란 말이야. 들어가!"

학생부에서도 특히 무섭기로 소문이 나 있는 나홀로 선생님이 구둣발로 가볍게 엉덩이를 툭 치며 신입생을 들여보내는 것은 금방이라도 터질 것 같은 울음보가 앳된 얼굴 가득 나타나 있기 때문인지 모른다. 어쨌든 뭔가 새롭게 달라지겠다는 학교 측의 바람대로 학생들은 잘 움직여 주고 있는 듯 했다.

"올해부터는 무조건 남녀 합반 학급 편성을 하겠으니 유념해 주세요."

"교장 선생님, 3학년은 진학 지도를 하는 데 있어 좀 곤란하겠는데요."

"무슨 말씀이세요? 남녀 합반을 하면 교실 분위기도 부드럽고 단정하며 오히려 사고가 없다는 걸 모르시는군요."

"사고라니요?"

"아, 그야 청춘사업 하겠다고 밖에서 따로 만나 용돈을 축내고 나쁜 곳에 가지 않는다 이거지요."

몇몇 나이 든 선생님의 의견도 있었지만 결국 남녀 합반으로 결정이 난 것은 학생들 편에서는 커다란 경사가 아닐 수 없었다. 이 또한 작년에 나래네 반에서 졸업 기념으로 낸 학급 문집의 영향이 다소 작용을 했던 것 같다.

1, 2, 3학년 각 반 임원들을 상대로 '남녀 공학 바람직한가?' 하는 여론 조사를 한 결과 94.5%가 남녀 공학은 남녀 합반을 원칙으로 해야만 바람직하다는 답변을 했기 때문이다. 빈 선생님은 학생들의 좌석을 정해주다 말고 조금 난처한 표정을 지었다. 앞에서부터 남녀 1명씩을 짝지어 1분단 첫째 줄, 2분단 첫째 줄 하고 배정을 하다 보니 뒤쪽에서 남학생이 4명이나 남는 게 아닌가. 빈 선생님보다도 키가 크고 덩치가 좋은 아이들만,

"너희들은 남학생들끼리 그냥 짝을 지어 앉는다. 불만 없지?"

"네, 좋습니다."

속마음이야 어떻든 간에 제일 키 큰 주환이 힘있게 대답을 하며 맨 뒷자리로 가 앉았다.

"그럼 당분간 내가 정해준 자리를 이탈하지 않도록 한다. 그래야 들어오시는 선생님들이 좌석표를 보고 너희들의 이름을 곧 외울 테니 말이다."

지금 그렇게 말하고 있는 빈 선생님은 일 년이 다 지나간 뒤에 자기네 반 학생들의 이름을 몇 명이나 외우게 될지 자기 자신이 의심스럽기 짝이 없었다. 젊었을 때는 일주일 안에 담임 반은 물론 수업을 들어가는 반의 아이들 이름까지 척척 외워서 조금만 수업 태도가 나빠도

"너 박○○이지? 똑바로 앉아!" 하고 족집게처럼 잡아내었다.

그런데 지금은 건망증 때문에 매사에 자신이 없는 것이다. 국어 시간에 열을 올려 설명을 하다가도 누군가가 떠들어서 그 녀석을 좀 야단치다 보면 금방 어디까지 설명하다 말았는지 기억이 안 나서 학생들에게 되물어 확인을 해야 했다.

"너 뒤에서 세 번째 놈! 지금 무슨 생각을 하고 있나? 내가 어디까지 설명했나 말해 보더라고."

"오늘이 며칠이냐? 일어나서 책을 읽어."

그러나 담임 반이 아닌 반의 수업 시간은 항상 이렇게 소속 분단이나 번호로써 이름을 대신할 수밖에 없었다. 덕분에 편애(?)없는 선생님이란 불로소득의 호칭까지 덤으로 얻어내면서.

"이제 그만 사표를 내고 시골로 내려와 우리 학교를 맡아서 운영해 보면 어떨까요?"

홀어머니의 유언에 따라 시골에서 작은 학교를 설립하여 근무하고 있는 최경진 선생님이 지난번에 빈 선생님에게 한 말이었다.

"글쎄, 아직은."

지난 졸업생들이야 빈 선생님과 최 선생님 사이의 러브 스토리를 잘 알고 있지만 지금 신입생들은 그런 내용일랑 까맣게 모른다. 그러

기 때문에 근방에서 제일 좋은 사립 국민학교를 나왔다는 명진이 언뜻 들은 소문을 퍼뜨리는데도 아니라고 부정하는 사람 하나 없었다.

"우리 누나가 그러는데 우리 선생님은 지난 봄 방학에서야 홀아비 신세를 면했다더라. 그것도 시골 처녀와 찬물 한 그릇 달랑 떠놓고 결혼식을 했다지 뭐야? 그런데 결혼을 잘못 했나봐. 따로 떨어져 살아간다니까."

"으하하, 재미있다. 그럼 본부인은 죽었어?"

"그야, 누가 아냐? 요즈음은 이혼을 잘하는 세상이니까 그런 줄도 모르지."

영악스럽다고나 해야 할지 모두가 함께 있을 때는 다 같이 순진해 보이지만 저희들끼리 대화를 나눌 때는 어느새 어른들의 세계까지 파고들어 모르는 게 없다.

"얘들아, 우리 엄마가 우리 선생님 나이가 몇 살이나 들어 보이느냐고 묻기에 교장 선생님보다도 더 늙어 보인다고 했더니 그럼 실력이 없는가 보다고 하더라. 아니면 아주 후진 대학을 나왔든지."

명진이 거침없이 하는 말에 주변의 아이들은 까르르 웃으며 재미있어 했다.

"얘들아, 체육 시간에 체육복으로 갈아입고 운동장으로 모이란다."

아직 임원 선거 전이라서 누구나 정보를 먼저 전해주는 사람이 임시 반장인 셈이다.

"다른 반은 담임 선생님께서 임시 반장을 정해주셨다는데 왜 우리 반은 임시 반장을 뽑지 않아요?"

K국민학교에서 줄곧 반장만 했다는 으뜸이가 몇 차례나 졸랐지만

빈 선생님은 빙그레 웃기만 하였다.

"서로서로 누가 우리 반의 심부름꾼으로 적당할지 잘들 찾아보렴. 일등에서 꼴찌까지 누구라도 반장에 출마할 수 있을 테니까."

"그래도 배치 고사에서 90점 이상을 넘어야 하지 않아요?"

배치 고사 4과목 중에서 한 문제만 놓쳤다는 다림이가 자신 만만하게 말했다.

"아니야, 우리 학교도 성적에 제한을 두지 않기로 했거든. 올해부터 말이다. 아이들을 잘 리드할 수 있으면서도 봉사 정신이 투철한 그런 친구를 밀어줘야겠지?"

"에이, 그런 게 어디 있어요?"

M국민학교에서 자기 아버지가 줄곧 육성회장을 맡아왔다는 빛남이도 뽀루퉁해진 입을 빼밀며 선생님 곁에서 멀어져 갔다.

"직원 연수를 시작하겠습니다."

일주일에 한 번씩 가지는 직원 연수 시간이다.

"각 부에서 전할 말씀 있으시면 말씀해 주십시오."

눈이 커다란 정말녀 선생님이 일어서서 말했다. 이름 때문에 별명도 많은 교무 주임 선생님이다.

"정말 여자라고 밝히는 걸 보면 혹시 게이가 아니냐?"

"정말녀 선생님이 아니라 못말려 선생님이라고."

그때그때 알맞게 붙여대는 별명들은 아이들의 입에서 입으로 잘도 전해진다. 아무것도 모르는 1학년 학생이 한번은 '일용이 엄마'라고 이기자 선생님의 별명을 불렀다가 진짜 별명인 '장풍의 맛(손바닥으로 세게 떠밀어 뒤로 벌렁 넘어지게 함)'을 보고 나서부터는 그 별명은 학생들

사이에서 쥐도 새도 모르게 사라졌다. 뇌진탕이라도 일으키면 어쩔 거냐는 학부모의 전화 때문에 한동안 물의를 일으켰던 장풍도 뒤이어 흔적을 감추었기에 이제 이기자 선생님은 이름 그대로의 이기자가 별명이었다.

"각 교실의 환경 미화를 이번 달 25일까지 끝내주시기 바랍니다."

연구 주임인 안광팔 선생님의 발언에 담임을 맡은 선생님들의 얼굴에 긴장감이 맴돌았다.

"다음주 월요일부터는 조기 청소가 시작되겠습니다. 1학년 1반부터 일주일씩 아침 일찍 나와 교내·외의 청소를 할 것입니다. 많은 협조를 부탁드립니다."

각 부서의 주임 선생님들이 경쟁이라도 벌이듯 모두 한마디씩 하고 자리에 앉은 뒤 교감 선생님이 불룩한 배에 손을 얹고 일어섰다.

"오늘의 연수 목적은 새로 오신 선생님들도 20분이나 계시고 또 우리 학교의 화기애애한 분위기를 살리기 위해."

"그러니까 목적이 뭐란 말씀이야?"

"아직 본론을 들으려면 30분은 더 기다려야겠지."

맨 구석진 자리에 앉은 젊은 선생님은 작년 졸업반 여학생들에게서 가장 인기가 많던 체육 선생님과 영어 선생님이다. 두 분은 손목시계를 들여다보며 투덜댄다.

퇴근 시간이 가까워졌기 때문이다.

"그럼 친목회장을 맡고 있는 빈 선생님이 바통을 받아 진행을 해주시겠습니다."

마이크만 잡으면 횡설수설하는 교감 선생님이 젊은 선생님들이 소곤대는 이야기를 듣기라도 한 것처럼 빈 선생님을 불러 세웠다.

그 때였다.

"쨍그렁!"

갑자기 운동장 쪽에서 농구공이 세게 날아와 교무실의 남쪽 유리창 한 장을 여지없이 깨뜨린 것이다.

"아이고머니나, 애 떨어질 뻔 했네."

정작 산달이 가까운 가정 선생님은 가만히 있는데, 40이 넘은 국어 선생님이 깜짝 놀라며 주위 사람들을 웃겼다.

그러자 기회라도 만난 것처럼 체육 선생님과 영어 선생님은 순발력을 발휘하여 후다닥! 교무실 밖으로 뛰쳐나갔다. 직원 연수는 계속되었다.

"다시 출근부가 부활됩니다. 교사는 모름지기 학습 지도안을 꼭꼭 써야 되겠지요. 육성회나 어머니회는 거의 활동이 중단된다고 보아야 할 것입니다. 이런 것들이 모두 새 교육 정책입니다."

교장 선생님도 다른 선생님들에게 질세라 시간을 무시하고 이야기는 끝이 없었다. 얼마나 지났을까.

"왜 이렇게 회의를 질질 끌고 야단이야."

여자 선생님들 몇 분이 불만 가득한 목소리로 앞장을 선 뒤에 다른 선생님들도 퇴근 준비를 서둘렀다.

"빈 선생님, 이 학생이 1학년 1반 맞나요? 이놈아가 유리창을 깼다는 데요?"

영어과 한철 선생님은 마치 포로병을 넘겨주듯이 큰 소리를 치며 작고 못생긴 남학생 한 명을 빈 선생님 앞으로 밀어내듯 보내었다.

"응? 너 우리 반 학생 맞아?"

빈 선생님은 아직도 다 기억을 못하고 있는 자기 반 아이들에 대해 나름대로 신임을 갖고 있는 듯 조심스럽게 물었다.

"……."

남자 아이는 고개만 끄덕였다.

"이리 교무실로 따라 와!"

빈 선생님은 퇴근이라고 해봤자 아무도 없는 차디찬 자취방으로 터덜터덜 들어가야 하기 때문에 별로 퇴근 시간에 대한 관심이 없었다.

"이름이 뭐지?"

"박종성이요."

"어쩌다가 유리창을 깼지? 아직 집에도 안 갔었니?"

"갔다 왔어요. 내가 안 깼어요. 다른 애가 내 공을 빼앗아서 던졌어요."

"이놈 봐라. 둘러대면 못 써!"

"난 거짓말 안 해요."

더듬더듬 대답하는 소리가 어쩐지 심상치 않다 싶어 빈 선생님은 종성에게 고개를 들라하고 자세히 살폈다.

겉으로 보기에는 다른 아이들과 다를 바 없는데 눈빛이 흐리멍텅했다.

"그래, 넌 거짓말은 안하게 생겼구나."

국민학교 4학년 정도로 보이는 키에 조금은 모자라는 듯 보이는 종성이가 자기네 반 2번이란 사실도 일주일이 다 된 지금 알았다. 그의 오른 손이 자꾸만 뒤쪽으로 감겼다.

"박종성, 저기 저 책상 위에서 긴 몽둥이를 가지고 와!"

금방이라도 긴 몽둥이로 철썩철썩 때려줄 것 같은 호령 소리에 종성이는 바르르 떨며 건너편 책상 위에 있는 몽둥이를 가지고 왔다. 아니나 다를까. 빈 선생님은 예상한대로 들어맞는다는 듯이 고개를 끄떡였다. 종성이 한쪽 다리를 질질 끌며 걸었기 때문이다.

15. 봄이 오는 골목

　빈 선생님은 종성을 보낸 뒤 엊그제 거둬놓은 학생들의 가정환경 조사서를 펼쳤다. 틈틈이 1번부터 차례차례 '사랑의 5분 대화'를 가지리라 마음먹었건만 이리저리 바쁘다는 핑계로 미루어 온 것이 잘못이라 생각했다.

　두 번째 장을 넘겼다. 2번 박종성, 붙어있는 증명사진으로는 다른 아이들과 다를 게 없었다. 가족 관계 란을 보았다. 부모와 할머니, 누나까지 셋이었다. 보호자 직업란이 적혀있지 않았다.

　'어렸을 때 크게 앓은 병'을 쓰는 난에 깨알같이 작은 글씨가 서너 줄 적혀 있었다.

　빈 선생님은 서랍에서 돋보기를 꺼내었다.

'태어날 때부터 난산마비로 몸이 허약함. 자주 경기(간질 증세)를 하여 꾸준히 약을 복용하고 있음.'

빈 선생님은 숨을 크게 들이마신 후, 종성이네 전화번호를 메모지에 적은 뒤 교무실을 나섰다.

자취집으로 가는 길에 소주 한 잔을 마시기 위해 포장마차에 들렀다.

"어서 오십시오. 무얼 드릴까요?"

빈 선생님과 나이가 엇비슷하게 보이는 아저씨가 하얀 앞치마를 두르고 반갑게 맞았다.

"소주 반병하고 꼬치 몇 개만 주십시오."

"네, 잠깐만 기다리세요."

아저씨가 꼬치를 굽는 동안 빈 선생님은 포장마차 내부를 둘러보며 졸업시킨 미진을 떠올렸다. 부모가 포장마차에서 호떡 장사를 하며 온갖 정성을 다 기울였건만 규칙을 어기고 가출을 하는 등 마음을 잡지 못하고 방황하던 아이 장미진, 그리고 진희와 여옥의 얼굴도 떠올렸다.

'녀석들, 잘들 해내고 있겠지.'

갑자기 그들이 살고 있던 달동네 '긴고랑'을 가보고 싶었다. 나래 아버지가 다니는 회사, 아니 우람의 아버지가 사장으로 있는 건설 회사에서 영구 임대 아파트를 지어 영세민들에게 기증하겠다고 약속했던 그 아파트가 얼마만큼이나 진척이 되었는지 궁금하였다. 빈 선생님이 이 생각 저 생각을 하며 소주잔의 맨 바닥에 남아있는 몇 방울의 소주를 마저 기울이고 있을 때였다.

"아빠!"

어디선가 귀에 익은 목소리였다. 천막 한쪽 구석 출입구를 바라다보았다. 히죽이 웃고 있는 아이가 낯설지 않았다.

"너 박종성?"

빈 선생님은 자기도 모르게 벌떡 일어났다가 앉았다. 목소리는 다행히도 입 밖으로 나가지 않은 것 같았다.

"할머니한테 가보라니까!"

포장마차 주인은 아들을 쳐다보지도 않고 목소리만 듣고 대꾸했다.

"싫어, 나 농구 더하고 갈래."

종성이는 빈 선생님을 보았는지 못 보았는지 손님이 앉아있는 쪽으로 눈길 한번 주지 않고 까맣게 썩은 이를 들어 내보인 다음 횡하니 달아나는 것이었다.

"아저씨, 저 애가 댁의 아드님이신가요?"

"네."

아저씨는 자기 할 일이 바빠서인지 짧게 대답했다.

"실은 제가."

빈 선생님은 이런 경우에는 어떤 말부터 꺼내야할 지 몰라 몹시 불안했다. 교직 경력 30년을 내다보는 나이에 학부모를 앞에 두고 가슴이 두근거리는 건 이번이 처음인 듯싶다.

"아, 지갑을 놓고 오셨나요? 다음에 오셔서 함께 계산해주세요."

말을 꺼내려다 말고 주춤거리는 빈 선생님을 보고 지레 짐작을 한 아저씨는 너그럽게 말했다.

"아닙니다. 소주 값은 있습니다. 아저씨 댁은 어디신가요?"

빈 선생님은 호주머니에서 돈을 꺼내면서 말꼬리를 돌렸다.

"예, 저기 시장 골목으로 한참 걸어 들어간 곳에 긴고랑이라는 곳이 있지요. 거기 살아요."

"아, 네. 요즈음 그곳에 아파트를 짓고 있지요?"

"그렇지요. 어떤 훌륭하신 분이 우리 못사는 사람들에게 돈도 받지 않고 공짜로 주겠다고 약속했다더군요. 하지만 헛소문인지 어떤지 그야 다 지어지고 나야 알 수 있겠지요."

"아닙니다. 확실할 겁니다. 조금만 더 고생하시면 좋은 집에서 살 수 있으시겠군요."

"좋은 집이면 다 뭐 합니까? 자식들이 건강해야지."

드디어 물어보지 않아도 종성 이야기가 나오는가 하여 기대를 하며 빈 선생님은 귀를 기울여 들을 자세를 취했다. 그러나 종성이 아버지는 더 이상 입을 열지 않고 하던 일을 계속하는 것이었다. 빈 선생님은 포장마차에서 나왔다. 어디 근방에 농구할 곳이 있나 두리번거렸다. 있을 리가 만무했다. 서서히 학교 길로 다시 올라갔다. 어느새 버들가지에는 물이 오르고 가지 끝마다 예쁜 새 눈이 몽실몽실 붙어있었다.

'그래, 혼자서 놀고 있구나.'

땅거미가 운동장에 자욱하게 깔려있는 속에서 종성이가 저 혼자 농구대 밑을 왔다 갔다 하는 게 아닌가. 저보다도 훨씬 큰 농구대의 바구니 속에 공을 넣어보겠다고 안간힘을 다 쓰고 있었다.

"자, 이리 줘 봐. 내가 넣어볼게."

종성이 뒤를 돌아보고 히죽 웃었다.

학생이 아니고 선생님이라서 매우 다행이고 안심이 된단 듯 종성은 눈치를 살피며 공을 넘겨주었다. 빈 선생님은 일부러 처음 공을 잘못 집어넣었다. 두 번, 세 번째도 고개를 갸우뚱거리며 들어가지 않은 공을 탓하듯 중얼거렸다.

"또 실패로구나. 아휴, 힘들어."

마치 어린 아이를 웃기기 위해 재롱을 부리듯 뒤로 넘어지기까지 했다.

"하하하하!"

드디어 종성이가 밝게 웃었다.

"자, 이번에는 정성을 다해서 넣을 테니 보아라. 골인!"

빈 선생님이 공을 넣자 종성이 박수를 치며 좋아했다.

"너도 한 골 넣어 봐. 천천히 침착하게."

그러나 종성의 공은 쉽게 들어가 주지 않았다.

"그럼, 나하고 함께 넣어보자."

빈 선생님이 종성의 팔을 잡아 공을 높이 던지도록 도와주었다. 간신히 공이 들어갔다. 무척 흐뭇해하는 종성을 데리고 학교 교문을 나서서 골목길로 내려왔다.

"오늘 선생님도 긴고랑에 가보고 싶으니까 나랑 함께 가겠니?"

종성이 한참 동안 말이 없더니 조금 후에 고개를 끄덕이었다. 시장 골목을 쭉 따라 걸어갔다. 전에 최경진 선생님이 미진이네 집을 찾아가듯이 지금 빈 선생님도 특별한 목적도 없이 종성이의 뒤를 쫓아가고 있는 것이다. 학교 안에서 사고를 쳤거나 담배를 피우고 폭력을 행사했다고 끌려오는 아이들의 대부분이 긴고랑에 산다는 말을 수차

레 들어왔기에 빈 선생님도 은근히 긴고랑에 대한 호기심을 버리지 못하였는지도 모른다.

　시장길 곳곳에 쑥이며 냉이 등 봄나물을 가득 채워놓고 한 줌씩 팔고 있는 아줌마들이 많았다. 아이들에게 줄 용돈이라도 벌어갈 양으로 직접 뜯어 가지고 나와 앉아 있는 것이다. 마치 시골의 장날 같은 시끌벅적한 시장 속을 빠져나와 종성이 불안스레 걷고 있는 뒤를 따르며 빈 선생님은 마음이 편치 않음을 느꼈다.

　"종성아, 그 공 선생님이 들고 갈까? 이리 내놓으렴."

　"싫어요. 우리 아빠가 사주셨어요."

　종성은 누가 그 공을 빼앗아갈세라 왼쪽 팔에 힘을 주어 꼭 끌어안고 걸었다.

　"알았다. 농구가 재미있니? 종성이는 누구랑 제일 친하니?"

　"네, 최고봉이요."

　수업 시간에 주의가 산만하여 여러 번 지적을 당했던 키가 큰 아이다.

　"고봉이가 종성이한테 잘 대해주니?"

　"아니요. 그 애는 싸움도 잘 하고 힘도 세니까 내가 고봉이랑 같이 가면 다른 아이들이 날 안 놀려요."

　"응, 그렇겠구나."

　말을 더듬더듬 천천히 하느라 시간은 걸렸지만 무슨 뜻인지 이해가 갔다.

　"고봉이랑 한 동네 사나보구나. 긴고랑에."

　"국민학교 때도 같은 반이였어요."

"응, 잘 알았다. 종성이네 집에는 지금 누구누구가 계시니?"
"할머니요."
"엄마랑 누나는?"
"다들 공장에 가서 일하고 늦게 와요."
"그럼 할머니께서 종성이를 많이 기다리겠는데 빨리빨리 다녀야지."
"우리 할머닌 귀가 잘 안 들려요. 그리고 나만 자꾸 야단치고."
 종성은 담임 선생님이기 보다는 모처럼 자기의 이야기를 들어주고 말 상대를 해주는 친구를 만난 것처럼 이것저것 숨기지 않고 다 털어 놓았다.
"저게 우리 집이에요."
 종성이 가리키는 집은 금방이라도 무너져 내릴 것 같은 담벼락 밑으로 작은 창문이 하나 나 있는 판잣집이었다.
"그래, 들어가렴. 나는 저기 아파트 공사장에 들렀다가 갈 테니까."
"선생님, 안녕히 가세요."
 종성이 자기 집으로 들어가는 모습을 한참 동안 지켜보다가 빈 선생님은 발걸음을 떼어 놓았다.
'아직도 이런 마을이 있으니. 어쨌든 아파트가 들어서길 잘했지.'
 겉보기에는 90% 이상 완성이 된 것 같은 아파트 단지를 둘러보며 빈 선생님은 흡족한 마음을 안고 비탈길을 다시 내려왔다. 소문으로만 그치지 않고 실제로 진행 되어가는 현장을 돌아본 빈 선생님은 마치 취재를 하러 나온 기자가 소기의 목적을 달성하고 돌아가는 모양으로 발걸음도 가볍게 긴고랑을 빠져 나왔다.
'어쩌면 산간벽지나 외딴 섬에서 외로운 아이들을 위해 한평생을

봉사하겠다는 그 생각이 더 옳을지도.'

"선생님, 안녕하세요?"

빈 선생님이 시골 최 선생님을 떠올리며 걷고 있을 때 누군가가 반갑게 인사를 했다.

"그래, 누구더라?"

가로등마저 꽤 많은 간격을 두고 띄엄띄엄 서 있는 골목길이라서 금방 앞사람을 알아 볼 수가 없었다.

"저 최고봉인대요. 1학년 1반."

"오, 그래? 너 이 늦은 시간에 어디에 다녀오는 거냐?"

"저녁 신문을 돌리고 오는걸요. 저 아래 그린 빌라에서 학교 앞 동네까지요."

"그래? 장하구나. 피곤하지 않니?"

"네, 괜찮아요. 선생님!"

수업 시간에는 별로 똑똑하다고 느끼지 못했던 고봉이가 지금 학교 밖에서는 무척이나 믿음직스러워 보였다.

"내일 만나자. 조심해서 가렴!"

빈 선생님은 별안간 콧등이 시끈해져서 고봉에게 길을 비켜주고 어서 가라고 손짓을 했다.

"네, 선생님. 안녕히 가십시오."

조금 전 종성과는 달리 키도 크고 목소리도 굵직한 고봉이는 중학교 1학년이라 하면 믿을 수 없을 만큼 힘도 세어보였다.

'종성이랑 함께 다닌다니 다행이로구나.'

빈 선생님은 아무래도 고봉이보다는 종성이가 더 안 되었다는 생각이 앞서 고봉이가 한동네에 살고 같은 반이라는 게 무척 다행이라 생각했다.

'차라리 특수 학급이 있는 K중학교로 갔어야 하는 건데. 뭔가 잘못되었어도 한참 잘못 되었지.'

종성이 인간적으로는 가엾고 안 됐지만 다른 아이들과 얼마나 잘 어울리며 잘 따라 갈 수 있을지. 빈 선생님은 자기도 모르게 아까 그 포장마차 앞에서 발길을 멈추고 있음을 깨닫고 스스로 크게 놀라며 집을 향해 걸었다. 다음 날 아침 빈 선생님은 종성이네 집에 전화를 걸었다.

"누굴 찾으시오. 무슨 일이지요?"

아직 잠에서 덜 깬 목소리로 전화를 받고 있는 종성이 아버지는 종성이 담임 선생님이란 말에 정신이 바짝 나는지 약간은 긴장된 말투로 대답했다.

"실은 국민학교 때도 특수반에서 공부했었지요. 그렇지만 우리 종성이를 더는 바보로 만들고 싶지 않아요. 아시겠습니까? 우리 아인 그 아이들보다는 훨씬 정상적이지요. 공부를 좀 못하면 어떻습니까? 선생님께서는 죄송하지만 우리 아이의 성적은 안 올려도 좋으니 큰 탈 없이 그 학교에서 졸업만 하게 도와주십시오."

"잘 알겠습니다. 그렇지만 종성이가 힘들어할 것 같아서. 중학교는 담임 선생님 혼자서만 지도하는 게 아니니까요. 다른 과목 선생님께서도 배려를 해주시겠지만 때로는 잊을 수도 있어서."

빈 선생님은 '이 부모 된 아비의 마음을 선생님은 이해하시겠지요?'

하고 매달리는 종성이 아버지에게 어떠한 말로도 더 이상의 보탬이 될 것 같지 않아 수화기를 놓았다.

H.R 시간에 반장 선거가 있었다. 성적에 관계없이 출마를 할 수 있다는 말을 누차 반복하였는데도 반장 후보자들은 대부분이 국민학교에서 임원 활동을 해본 아이들이 나섰다.

"저는 제 이름처럼 여러분들의 손발이 되어서 열심히 뛰고 봉사할 것을 약속드리겠습니다."

이름 덕분인지 재치 있는 말솜씨 때문인지 몰라도 손발이 다수의 표를 얻어 반장으로 뽑혔다.

빛남이 으뜸이를 이기고 부반장이 되었다. 또 봉사부원으로는 가영이와 고봉이가 뽑혔으나 고봉이가 못하겠다고 하자 으뜸이가 자진하여 봉사부원이 되겠다고 했다.

지난해까지는 봉사부원이 아니라 선도부원이였는데 올해부터 이름이 바뀐 것이다.

주번 활동을 하는 석이와 진수가 문단속을 하는 것까지 시종일관 지켜보고 내려온 빈 선생님은 이제야 명렬표에 적힌 아이들 하나하나의 이미지를 어느 정도 떠올릴 수 있었다. 아이들이 한 시간 동안 써낸 '나의 소개서'를 읽어 내려갔다. 출생지에서부터 국민학교 시절의 추억담 그리고 현재의 자신이 처해 있는 환경이나 마음가짐을 대부분 숨김없이 표현하고 있었다.

영국에서 전학해 온 창옥은 자유분방하고 거침없이 말을 하는 자신의 성격을 다소 자제하겠다고 썼으며, 형욱과 정아는 딱딱하고 무서운 선생님보다는 자상하고 대화가 잘 통하는 담임 선생님을 원한다고 썼다. 명진은 가족들의 소개로 백지를 가득 메웠고 다림은 귀찮게 하는 남학생과 짝이 된 게 싫다고 했다. 빈 선생님은 아이들의 이름과 사진을 번갈아보면서 그들의 재롱과 조잘거림을 하나도 놓치지 않으려는 듯 교무 수첩에다 간단간단하게 메모를 해 나갔다. 왼손으로 쓴 종성의 글씨는 잘 알아볼 수 없어서 그냥 넘겼다.

그런데 마지막 장의 고봉이의 글을 읽으면서 빈 선생님은 다시 한 번 놀라지 않을 수가 없었다.

'우리 아버지와 어머니는 모두 다 유명한 대학교의 교수이시다. 그런데 나는 어렸을 때부터 긴고랑 외할머니댁에서 자라왔으며, 한 달에 한 두 번씩 시내의 멋진 음식점에서 엄마와 아빠를 만나곤 한다. 난 그 두 분이 나의 부모라기보다도 내 학비를 대어주고 뒷바라지를 해주는 보호자라는 생각만 든다. 엄마, 아빠는 내가 갓난 아기였을 때도 외국으로 나가서 박사학위를 따겠다고 공부만 하신 분들이니까. 나하고는 정이 없다. 내가 신문 배달을 하고 있다는 것도 우리 엄마 아빠는 모르신다. 내 마음이 쓸쓸해지고 외로워질 때는 나 혼자 휘파람을 분다. 포장마차에서 장사를 하고 공장에 다니는 종성이의 부모가 부러울 때도 있다.'

빈 선생님은 등골이 오싹해짐을 느끼면서 '나의 소개서'를 덮었다. 준비물도 하나 없이 학교에 왔다갔다하며 시간을 때우고 있는 종성이보다도 정신적으로 더욱 고생을 하고 있는 아이는 바로 최고봉이 아닌가. 오늘도 수학 선생님이 수업을 하고 나와서 지나가는 말처럼 하던 말을 떠올렸다.

"빈 선생님 반에는 아주 멋쟁이가 한 명 앉아 있더군요. 아예 공책이나 연필은 꺼내놓치도 않은 채 지우개만 이리 튀기고 저리 튀기며 저 혼자 게임을 하는 거에요. 내가 야단을 치려하니까 반 아이들이 일제히 '선생님, 그 아이는 혼내면 안 돼요.' 하고 감싸던 걸요."

사실인즉 그렇다. 100원짜리 과자를 호주머니에 넣어두고 수업 시간에 한 개씩 두개씩 꺼내어 먹고 있다든가, 스스로 심심한 시간들을 보내기 위해 손장난을 하며 거기에 흥미를 갖고 몰두하는 종성일 말하지 않는 선생님들이 거의 없었다.

그러나 종성이의 마음에는 그늘이 없다. 걱정 근심이 없으니 남의 눈치를 볼 것도 없다.

"그 아이를 특수 학급이 있는 학교로 전학시켜야지. 그대로 붙들고 있을 생각이세요? 학교에서 무슨 사고라도 생기면 어쩌려고."

체육 시간에 교실에 혼자 남아 있거나 특별 교실로 이동을 해야 하는 시간에 저 혼자 떨어져서 여기저기를 배회하고 다니다 보니 이제는 교장, 교감까지 종성이를 알게 된 것이다.

그렇지만 지금 빈 선생님은 비록 지능이 낮고 육체적으로 모자란 종성이를 누군가가 괴롭히지만 않으면 그런대로 학교에 적응하여 무사히 3년을 다닐 수 있을 것이라는 생각이 들었다. 오히려 더 급한 아이는 종성이보다도 고봉이가 아닌가. 외롭고 쓸쓸할 때는 저 혼자 휘파람을 불며 마음을 달래는 아이. 겉으로 건장하고 튼튼해 보이지만 속마음에서 흔들리는 갈등을 참아내고 견뎌내는 데 얼마나 큰 괴로움이 따를까. 빈 선생님은 시골에 있는 최경진 선생님에게 긴긴 편지를 썼다. 지난해 나래가 마음의 갈등을 겪으며 입양해 온 언니의 아픔을 대신 앓았다는 이야기를 여러 차례 들은 바 있었으며, 또한 최 선생님의 중간 역할이 컸음을 인정할 수 있기에 자문을 구해보자는 속셈도 있었다.

며칠 후, 최 선생님의 답장을 받아 읽은 빈 선생님은 '과연 그렇지' 하면서 스스로 자신의 머리에 꿀밤을 하나 콕 박아 주었다.

'나래는 부모님보다도 선생님보다도 더 훌륭한 친구를 가졌었지요. 마정숙이란 학생 생각나지 않아요?'

'그래, 내가 할 일은 따로 있고 우선 고봉이와 마음을 터놓고 이야기 할 수 있는 친구를 붙여주는 거야. 누가 좋을까? 가만있어라. 박주환이? 최고봉의 짝인데. 어디 좀 더 지켜보고 나서.'

빈 선생님은 며칠 동안 가슴에 걸려있던 체증이 차차 아래로 내려가는 것 같아 숨을 크게 들이마셨다. 빈 선생님은 고봉이와 상담을 해볼까 하다가 조금 기다리기로 했다. 어설프게 잘못 접근했다가는 오히려 마음의 문을 꽉 닫아버릴 지도 모른다는 생각이 들어서였다.

'정신적으로 크게 앓은 만큼 더 많이 성숙하겠지' 하는 위안을 멀리서 인자한 눈길로 대신하여 보낼 뿐이었다. 그러나 박주환은 아무래도 고봉이와 대화가 통할 것 같지가 않았다. 고생이란 전혀 해보지 않았고 순풍에 돛단 듯이 자라온 아이이기 때문이다.

빈 선생님은 아이들의 좌석을 일부 변경해야겠다고 마음먹었다. 손발이 그래도 고봉과 짝을 이루는 게 제일 낫다는 판단을 내린 것이다. 시장 안에서 건어물 가게를 하는 손발의 부모는 비교적 가정교육을 빈틈없이 해낸 것 같았다. 자립심이 강하고 인내심 있는 손발은 날이 갈수록 남아다운 기세가 돋보였던 것이다.

16. 열려 있는 새장

 손발을 고봉이와 함께 앉히기 위해 주환을 빛남이 옆자리로 옮기게 했다.
 "선생님, 어젯밤 꿈이 정말 잘 맞아 떨어지는 것 같아요. 제가 왕자가 되어 숲 속을 헤매다 예쁜 공주가 사는 궁궐을 찾아냈거든요."
 "하하하, 저 능청꾸러기. 그래, 한턱내라."
 주환이 못지않게 농담을 잘하는 우경이가 곧바로 주환의 말을 받아넘기고 교실은 한바탕 웃음바다가 되었다. 주환은 자신의 멀쑥한 키 때문에 1년 동안 남자끼리만 앉아야 할 팔자인가 보다고 이미 체념을 했었는지, 마치 행운의 열쇠라도 손에 넣은 듯 기분 좋은 얼굴을 하고 자리를 옮기고 있었다. 아이들은 왜 갑자기 자리를 바꾸는지에 대해서는 이유를 묻지 않고 몇몇이 손을 들어 자기 자리도 바꾸었으면 하는 의사를 나타냈으나 빈 선생님이 모르는 체 해버리자 이내 손은 내렸다. 빈 선생님은 종성이의 짝인 정미의 표정만 살펴볼 뿐 아무런 동요가 없자 자리 옮김은 더 이상 번지지 않았다. 며칠 후, 교무실에서 막 점심 식사를 끝낸 빈 선생님이 커피 한 잔을 타서 마시려 할 때였다.

"선생님, 인터폰 좀 받아보세요."

학생부의 나홀로 선생님이었다.

"죄송합니다만 잠깐만 학생부로 올라와 주시겠어요?"

빈 선생님은 커피잔을 밀어 놓고 느린 걸음으로 2층에 있는 학생부로 올라갔다.

"이 아이들이 선생님 반 맞지요?"

"무슨 잘못을 저질렀나요?"

"아, 글쎄 이 녀석들이 교실 뒤쪽에 무더기로 앉아서 '뻑치기'를 하지 뭐에요?"

"그게 무슨 놀이인가요?"

"놀이라니요? 선생님은 그런 것도 모르세요? 도박입니다. 동전을 가지고 서로 따먹는 돈놀이를 하는 거예요."

학생들 간에 가장 무섭다고 소문이 나 있는 노총각 나홀로 선생님이 흰머리가 반백인 빈 선생님을 향하여 핀잔을 주는 것이었다.

"그랬어요? 모두 다 착한 아이들인 줄 알았는데. 최고봉, 나명진 이리로 나와!"

몇몇 다른 반 아이들과 함께 무릎을 꿇고 있는 속에서 두 사람이 일어섰다.

"왜 그런 못된 놀이를 했지? 더욱이 고봉인 신문 배달까지 하는 놈이."

빈 선생님은 곧바로 '아차, 내가 실수를 했구나' 싶은 생각을 하며 말끝을 흐렸다.

"학생부의 처분만 바랍니다. 엄한 벌을 내려주십시오."

빈 선생님은 말로는 크게 소리쳤지만 학생부 나홀로 선생님에게 윙크를 하듯 너그러이 용서해주길 바란다는 눈짓을 보내며 그 교실을 빠져나왔다.

종례 시간이 길어졌다. 아무 죄도 없는 손발이 학급 아이들을 대표해서 크게 꾸중을 들었다. 반장이면서 교실 뒤편에서 그런 상황이 벌어졌는데도 구경만 했느냐고 야단을 맞은 것이다. 손발은 고개를 푹 숙이고 앉아서 아무런 말도 못하고 죄인처럼 앉아 있었으나 그때 말리지 않은 것은 아니었다.

"너희들 왜 그런 놀이를 하니? 차라리 농구공을 가지고 운동장으로 나가 놀아라."

"야, 웃기지 마! 시장에서 건어물 가게를 하는 집 아이가 반장이 됐다고 큰 소리를 치긴. 우리는 용돈이 남아도니까 네가 걱정을 안 해도 된다고!"

명진은 손발의 자존심 같은 건 아랑곳없이 지껄이며 계속해서 손안에 든 동전들을 짤랑거렸다.

"야, 시시하게 10원짜리냐? 모두 백 원짜리로 바꾸라고. 그러면 나도 낄 테니까."

고봉이 마저 다른 반에서 명진이를 찾아온 아이들과 함께 어울리는 것이었다.
"얘, 고봉아, 그런 짓 하면 못써!"
"넌 공부나 열심히 하라고. 난 앞으로 마카오 같은 곳에 가서 커다란 도박장을 운영하는 것이 내 꿈이니까."
고봉이도 말릴 수가 없었다. 손발은 아직 반장에 뽑힌 지 며칠이 됐다고 벌써부터 야단이냐는 명진의 말에 더 이상 말리지를 못했던 것이다. 아이들이 돌아간 뒤 고봉과 명진이 교무실로 내려와 빈 선생님 옆에 꿇어 앉았다.
"그래, 그런 일로 학생부로 끌려가서 반성문을 쓰다니. 3학년 형들도 그렇지 않는데."
빈 선생님은 다시 한 번만 그런 일이 생기면 그 때는 용서치 않겠다고 으름장을 놓은 뒤 집으로 가라 했다. 말을 함부로 하는 명진도 겉으로는 태연했지만, 빈 선생님이 아는 한 마음 속에 불만이 가득한 고봉이도 진심으로 잘못을 뉘우치는 것 같았다. 다음날 아침의 교실 분위기는 다른 때보다 더욱 차분해지고 엄숙했다. 이유야 어쨌든 담임 선생님의 화난 얼굴을 두 번 다시 보고 싶지 않다는 반 아이들의 은근한 시위와도 같았다.
'그럴 수도 있지, 누구나 야단을 맞으며 성장하는 거니까.'
빈 선생님은 속마음을 드러내어 아이들의 기분을 풀어줄 걸 그랬나 싶으면서도 계속 딱딱하고 엄한 표정을 짓느라고 스스로 힘들어 했다. 명진과 고봉이 나홀로 선생님에게 다시 불려갔다가 돌아왔다. 그런데 그 다음날부터 고봉이가 이틀째 결석을 했다.

"누구 고봉이 결석한 이유를 아는 사람?"

아이들을 둘러보았으나 손을 드는 사람은 한 명도 없다. 종성이가 같은 동네에 살고 있다지만 아예 기대조차 하지 않았다. 반 아이들 누구나 할 것 없이.

종성은 지금 선생님과 아이들이 무엇 때문에 이야기가 오가는지 신경도 쓰지 않고 있다. 책상 위에다 종이 개구리를 올려놓고 쿡쿡 눌러대며 달아나는 모습을 보고 히죽히죽 웃으며 즐거워하고 있다. 마음씨 고운 짝 정미가 아침마다 종이접기로 새로운 것을 만들어주기 때문에 자율 학습 시간은 그렇게 해서 시간을 보내는 것이다.

"다들 모른다는 말이지? 누구 혹시 언뜻 지나가는 말이라도 고봉이가 하는 말을 들은 사람도 없어?"

그래도 아무런 대답이 없자 빈 선생님은 창가로 가서 운동장 쪽을 내다보고 서 있었다. 고봉이 책가방을 메고 헐레벌떡 뛰어 올지도 모른다는 생각에서다. 그러나 종례 시간까지 고봉이의 자리는 텅 비어 있었다.

'고봉이 집으로 전화를 해보는 수밖에 도리가 없구나!'

빈 선생님이 이렇게 생각하며 교무실로 내려오는 뒤에서 누군가가 선생님! 하고 불렀다.

손발이었다.

"무슨 일이야? 집에 가지 않고."

"네, 교실 환경 미화도 해야 하고 그래서 남았지만 실은 저."

무슨 이야긴지 하고 싶은 말이 있다는 것 같아 빈 선생님은 교무실로 따라오라고 했다.

"아이들이 그러는데 학생부 선생님이 부모님을 모셔오라고 하셨대요. 명진은 어머닐 모셔올 수 있다고 했는데 고봉인 어머니 아버지가 지금 집에 안 계신다고 들었어요."

"그랬어? 고봉이가 너에게 어머니 아버지가 어디에 가셨다고 말하던?"

"그런 이야긴 자세히 안 하고 고민만 하는 것 같았어요."

"알았다. 됐어. 올라가 봐. 너무 늦지 않게 집으로 가야한다."

빈 선생님은 손발이 자진하여 환경 미화를 하겠다는 기특한 마음을 고맙게 생각하며 교실로 올려 보냈다. 고봉이가 써낸 '나의 소개서'에서도 그랬지만 환경 조사서에도 고봉인 할머니와는 동거로 표시되어 있었고 부모 란에는 별거라고 적혀있음을 확인하였다. 전화는 아무도 받지 않았다.

'주말이면 부모와 근사한 음식점에서 만난다고 했는데 내일이 토요일이니까, 만나서 이야기가 잘 되겠지. 그 때까지 기다려 보자. 월요일엔 나오겠지.'

빈 선생님은 한줄기 희망을 안고 퇴근을 했다.

"선생님, 안녕하셨어요?"

졸업한 나래와 정숙이가 길을 막으며 반가워했다.

"너희들 어떻게 만나서 이 시간에 길에 서 있는 거야?"

빈 선생은 반가움보다는 의아한 얼굴로 물었다.

"우연이에요. 야간 자율 학습을 하기 전에 저녁을 사 먹으러 나왔다가 서로 만났어요."

둘은 손을 꼭 잡고 서서 떠들어댔다.

"그렇다면 내가 저녁을 사 줄까? 어디로 가겠니?"

"아유, 좋아라. 그렇지만 시간이 없어 맛있는 건 못 사먹고요. 저기 분식집에 가서 떡라면을 먹지요."

"라면을 먹고 밤 10시까지 버티겠니? 한참 클 나이에."

"네, 라면이 우리들의 주식인 걸요. 야자는 부식이고요."

"야자는 또 뭐니?"

"야간 자율 학습을 줄인 말이어요."

"하하하! 여전하구나. 그래, 어서 들어가자."

빈 선생은 정숙과 나래가 어느새 의젓한 여고생이 되어 나란히 앞에 앉아 있음에 흐뭇한 기분을 감추지 않고 이런 저런 이야기를 들어 주었다.

"왜 어머님들이 싸주시는 도시락을 안 가지고 다니는 거냐?"

"무겁고 귀찮아요. 점심때는 도시락을 먹지만 그리고 또 이렇게 사먹으면서 바람도 쐬고 친구들도 만나고요."

"그래, 임도 보고 뽕도 딴다는 거구나. 학교는 다르지만 바로 옆에 있는 게 여간 다행인 게 아니지?"

두 사람의 우정이 여러 친구들에게 귀감이 되었기에 빈 선생님은 더욱 자랑스럽게 느끼며 식당 안을 휘익 둘러보았다.

"선생님께서는 최경진 선생님과 계속 떨어져 사실 거에요?"

정숙이 따지듯 묻는 바람에 빈 선생님은 빙그레 웃었다.

"아니지. 되도록 빨리 합쳐야겠지. 머지않아 내가 내려갈 생각이다."

"그러세요. 선생님, 어떻게 해서 이룬 사랑탑인데요."

조금 더 컸다고 나래나 정숙이나 무척 활발하게 대화에 응했다.

"나래는 지금도 '마리아의 집'은 잘 찾아다니고?"

"아니요. 시간이 없다며 자꾸만 미루어져요. 그렇지 않아도 이번 일요일엔 한번 가봐야겠어요."

"무슨 일이나 실천이 중요하니깐."

간단하게 요기를 한 학생들이 일어서기 바쁘게 기다렸던 사람들이 우르르 몰려들어와 분식점은 빈자리 하나 없었다.

"잘들 가거라. 공부 열심히 해!"

나래와 정숙에게 손을 흔들어 주고 막 뒤돌아설 때였다. 식당 앞에서 고봉이가 신문 뭉치를 한 아름 옆에 끼고 걸어오고 있었다.

"최고봉! 잠깐만 기다려라."

빈 선생님을 보고 고봉이 매우 당황해 했으나 달아나지는 않았다.

"너 저녁 먹었어?"

"네, 방금 분식집에서 먹었어요. 지금 신문을 돌리는 중이어요."

"알았다. 그런데 왜 학교엔 안 나오고 결석을 했지?"

"……."

고봉이 고개만 푹 숙였다.

"나랑 함께 신문을 마저 돌리자."

빈 선생님은 고봉의 어깨에 손을 얹었다.

고봉이 고개를 살래살래 흔들었다.

"왜? 선생님이랑 함께 신문 돌리는 게 싫은 거야?"

"……."

"해 저물기 전에 돌려야 하지 않겠니? 어서 달리자."

"아니에요. 지금 누굴 기다리고 있거든요."

"누굴?"

"선생님 먼저 가세요."

고봉은 학교보다 밖에서 해야 할 일이 많은 사람처럼 길모퉁이 헌책방이 있는 쪽으로만 계속 눈길을 주고 있었다.

"친구니? 너하고 함께 신문을 돌리는?"

하지만 고봉이 들었는지, 못 들었는지 아무 대답도 하지 않았다. 그때 마침 헌책방 쪽에서 숨을 헐떡이며 달려오는 여학생이 있었다.

"야, 미안하다. 너 많이 기다렸지?"

빈 선생님은 자기의 눈을 비비고 나서 또다시 가까이 다가온 여자애의 얼굴을 살폈다.

"어머나, 선생님! 왜 여기 서 계세요?"

틀림없었다. 미진이다. 가출 경력까지 있는 문제아로 전교 선생님 중에서 모르는 분이 없을 정도로 유명했던 장미진이 말이다. 간신히 여상 야간이라도 들어갈 수 있어 다행으로 여겼었는데 지금 이 시간 학교에 가 있어야 할 미진이가 하필이면 자기반 고봉이를 만나고 있다니 빈 선생님은 눈앞이 아찔했다. 고봉이 여느 아이보다 덩치도 크고 지금 현재 부모라든가 자신의 환경에 대하여 불만으로 가득 차있다는 것을 너무나도 잘 알고 있었기 때문이다. 말하자면 다른 아이들에 비하여 보다 빨리 사춘기의 몸살을 앓고 있는 터에 모범 학생도 아니었던 선배 여고생과 만나고 있으니 어찌 바람직한 일이라 할 수 있겠는가.

"넌 어떻게 된 거냐? 학교에도 아니 가고."

조금 전에 나래와 정숙일 대할 때의 반가움과는 달리 다짜고짜로 나무라듯 퉁명스럽게 물었다.

"죄송합니다. 고봉이한테 들었어요. 선생님께서 고봉이 담임이 되셨다는 말, 한 번이라도 찾아뵈려고 마음먹었었는데."

"찾아오긴 어딜 찾아 와? 학교에 다니는 게 더 중요하지. 소문엔 착실히 노력한다고 들었는데."

빈 선생님은 지나가는 학생들이 힐끗힐끗 쳐다보는 것도 모르고 길 한 가운데 서서 미진에게 호통을 쳤다.

"실은 저 학교를 그만 두기로 했어요. 저 같은 애는 아무짝에도 쓸모가 없거든요."

"뭐라고? 너 지금 무슨 소릴 함부로 하고 있는 거야? 가만 있자. 우리 다시 저 분식점으로 들어가서 이야기 좀 할까?"

빈 선생님은 범인들의 손목에 수갑을 채우듯 그들을 꼭 붙들어 잡았다.

"다음에 만나서 말씀드리겠어요. 지금은 시간이 없는걸요."

"네, 맞아요. 선생님."

고봉과 미진이 빈 선생님의 손을 힘껏 뿌리치고 달아나 버렸다.

"저 녀석들 봐라. 이리 오지 못해!"

그 목소리가 얼마나 컸던지 지나가던 학생들과 어른들은 물론 골목길 양 옆 문방구의 주인 아저씨들까지 고개를 내밀고 무슨 일인가 내다보았다. 빈 선생님은 아무 일도 없었던 것처럼 시치미를 뚝 떼고 걷고 있었지만 이 일을 어찌해야 할 지 몹시도 흥분된 마음을 가라앉힐 수가 없었다. 밤도 꽤 깊었는데 빈 선생님은 포장마차 안에서 소주잔을 비우며 이젠 초면이 아닌 포장마차 주인과 이야기를 나누고 있는 것이다.

"아저씨, 이 안에 아무도 없으니 말인데 제가 종성이 담임되는 사람입니다. 아시겠어요? 정말 죄송합니다. 술을 마시고 말씀드려서."

"네? 그게 정말입니까? 지난번에도 오셨었지요? 워낙 점잖으셔서 제가 기억을 하고 있고말고요."

종성이 아버지는 둘렀던 앞치마를 벗어 던지고 빈 선생님에게 달려와 허리가 땅에 닿을 정도로 공손하게 절을 하였다.

"아닙니다. 이러지 마십시오. 이미 전화로도 인사를 한 바 있고 저는 지난번에 여기서 종성일 만났었지요. 그때 말씀드리지 못함을 용서해 주십시오."

확실히 지금 빈 선생님은 취해 있었다. 소주 탓만은 아니었다. 종성과 고봉이 미진이 때문만도 아닌 것 같았다. 공연히 마음이 쓸쓸해지고 외로워진다는 생각이 들었다.

"가엾은 제 자식을 잘 좀 봐 주십시오. 딸아이만 두어서 맨 밑으로 아들 하나 얻자고 난 것이 그렇습니다. 그저 도와주지는 못하나마 괴롭히진 말아달라는 게 종성이 친구들에게 하고 싶은 말이니 선생님이 잘 좀 타일러 주십시오. 어제는 또 갑자기 학교에 가기 싫다고 해서 가슴이 철렁 내려앉았지 뭡니까?"

"예? 종성이가? 무엇 때문이라 하던가요?"

"글쎄 고봉이라는 아이가 자꾸만 우리 종성일 괴롭히나 봅니다. 자세한 이야긴 안 하는데 최고봉이라는 아일 아빠가 혼내 주라 하네요."

"그랬어요? 그 아인 절대로 종성일 괴롭힐 아이가 아닙니다. 반 아이들 모두가 종성일 아끼고 도와주고 있지요."

"그렇다면야 얼마나 고마운 일입니까? 자, 제가 선생님께 한 잔 따라 올리겠습니다. 저도 한 잔만 꼭 한 잔만 마시겠습니다. 괜찮겠지요?"

종성이 아버지는 가슴에 맺힌 회포를 소주 한 잔으로 다 녹이려는 듯 술병을 가지고 와서 빈 선생님과 나란히 앉는 것이었다.

"좋습니다. 감사합니다."

빈 선생님은 소주잔을 앞으로 내밀었다.

다음날 머리가 무겁고 정신이 맑지 못한 채 출근을 한 빈 선생님은 맨 먼저 고봉의 자리를 바라보았다. 그런데 이게 어찌된 일인가. 책상 위에 고봉의 책가방이 올려져 있지 않은가.

"고봉이가 학교에 나온 거니?"

너무도 반가워서 정신이 바짝 난 빈 선생님이 근방의 아이들에게 물었다.

"네, 왔어요."

"그런데 어딜 갔지?"

"오늘까지 폐품을 가져오는 날이잖아요. 손발이 고봉과 함께 자기네 집으로 가서 폐품을 가져오겠다고 데리고 나갔는걸요."

"아니, 이놈들이. 선생님의 허락도 받지 않고 저희들 마음대로 외출을 했어?"

다른 아이들 들으라고 혼잣말처럼 하였지만, 지금 빈 선생님은 눈물이 나올 정도로 고마운 일이 아닐 수 없었다.

'새장 문을 활짝 열어 놓길 잘 했어. 아무 때고 다시 들어올 수 있게 말이야.'

빈 선생님이 살고 있는 작은 집 베란다에서는 오늘도 비단 앵무새 한 쌍이 열려진 새장 밖으로 나와 이 나무에서 저 나무로 옮겨 다니고 있을 테니 말이다.

지난 주말에 다녀간 최경진 선생님이 빈 선생님 혼자 있으면 적적할 테니 새나 한 쌍 길러보라며 사다 주고 간 선물이다. 색깔이 예뻐서 이름을 그렇게 붙여줬는지 몰라도 생김새로 보아선 잉꼬라고 봐도 좋을 듯했다. 새장 속에 갇힌 새들은 무척이나 다정스러웠지만 종종 밖으로 나오고 싶어서 자꾸만 새장 문을 부리로 들어 올리곤 했다.

"그래 좋다. 갇혀 있으니 얼마나 답답하겠느냐. 나오고 싶을 때는 나오고 또 들어가고 싶을 때는 들어가렴."

빈 선생님은 그동안 취미삼아 길러왔던 커다란 관상목과 화초들이 있는 베란다로 새장을 옮겨 놓고 새장 문을 열어 고정시켜 놓았다 처음엔 겁이 나서 나오지 못하고 빈 선생님의 눈치만 살피던 새들이 어느 날인가 용기를 내어 밖으로 나왔다. 그런데 학교에 다녀온 빈 선생님은 뜻밖의 일에 새들을 다시 가둬 놓고 말았다. 그것은 벤자민이나 겐자, 행운목 등의 나뭇잎을 새들이 여기저기 갉아 놓았기 때문이었다.

"그동안 얼마나 공들여 가꿔놓은 것들인데 너희들이 보기 싫게 갉아 놓다니. 그건 안 되지."

그렇게 독한 마음을 먹고 가둬놓은 새들인데 빈 선생님은 며칠 안 가서 또 새장 문을 활짝 열어 놓은 것이다. 한번 바깥으로 나와서 자유를 맛본 새들은 자꾸만 짖어대며 새장 문을 들어 올리고 애원하는 듯한 눈망울로 빈 선생님의 마음을 약하게 만들었다. 갓 태어났을 때부터 갇혀만 자랐던 새들일지라도 넓은 공간은 아니지만 조금씩 날아볼 수 있다는 게 여간 행복한 일이 아니겠는가.

17. 네 꿈을 펼쳐라

 그렇게 해서 빈 선생님의 마음을 움직인 새들이 밖으로 나와 또다시 나뭇잎을 갉아대고 화분의 흙을 쪼아대도 모른 체 하기로 했다. 어차피 어느 한 가지는 포기해야만 되었으므로 새들을 위해서라면 그러할 수밖에 없었다.
 '그래, 너도 한번쯤은 파란 창공을 향해 마음껏 날개 짓을 하며 날고 싶겠지.'
 그런데 그 새들이 어느 정도 시간이 지난 뒤 자기가 갇혀있던 새장 안으로 더듬거리며 찾아들어가는 것이 아닌가.
 '따스한 보금자리가 있는 둥지를 찾아서 새들도 저렇게 돌아가는데.'

빈 선생님은 일요일 한나절을 비단 앵무 한 쌍이 하는 양을 지켜보며 시간을 보내었다.

'태어날 때부터 하늘을 나는 새가 따로 정해져 있단다. 하물며 어릴 때부터 갇혀만 자란 너희들이 실컷 날아봤자 얼마나 갈 수 있겠니? 내 너희들을 위하여 항상 새장 문을 열어둘 테니 나오고 싶으면 나오고 들어가고 싶으면 들어가면 되는 거야. 그동안 내가 정성껏 길러온 초록빛 나무들을 숲이라 생각하며.'

빈 선생님은 겹쳐오는 여러 가지 생각들을 훌훌 털고 일어섰다. 바람이라도 쐬고 돌아오겠다는 생각으로 집을 나섰다. 약수터가 있고 테니스장이 있는 용마산 쪽으로 발걸음을 옮겼다. 다른 때 같았으면 주말을 이렇게 보내지는 않았을 텐데. 빈 선생님이 시골 최경진 선생님을 만나러 갔거나 최 선생님이 서울에 올라와 함께 즐거운 시간을 가지는 것이 당연한 일이었고 두 사람 사이에 그 이상의 행복은 없지 않은가.

"주말 부부는 항상 연애하는 기분으로 살아갈 테니 언제나 보고 싶고 그립고 그 사랑이 오죽할까. 정말 부럽기까지 하단 말이에요."

최 선생님이 서울에 있을 때 친하게 지내던 여선생님들 몇몇이 빈 선생님과 마주칠 때마다 종종 하는 말도 듣기 싫지는 않았다.

"네, 고맙습니다. 견우와 직녀만이 알 수 있는 그런 생활이랍니다."

빈 선생님도 질세라 농담으로 받아넘기며 시골에서 열심히 아이들을 가르치고 있을 최 선생님의 모습을 떠올리곤 하였다. 그런데 지금은 아니, 이번 주말은 상황이 좀 달라졌다. 매주마다 번갈아가면서 최 선생님이 올라오고 빈 선생님이 내려가곤 했었는데, 종성이네 포장마차 안에서 소주잔을 주거니 받거니 하며 밤늦도록 휘청거린 여독이 풀리지 않아 그만 최 선생님에게 미안하다는 전화를 걸고 내려가지 않았다. 어떻게 된 거냐고 되풀이하여 묻던 최 선생님이 행여나 와줄지도 모른다는 생각으로 한나절을 보낸 빈 선생님은 자신이 먼저 약속을 어겼기에 스스로 도리질을 했다. 산중턱을 향하여 옮기는 발걸음이 마냥 무겁게 느껴졌다.

'이젠 긴고랑도 달동네라는 말은 듣지 않겠지. 늦어도 올 여름에는 입주할 수 있을 테니까.'

긴고랑 산비탈에 세워지고 있는 영구 임대 아파트를 내려다보며 빈 선생님은 엷은 미소를 지으며 테니스장으로 향했다.

"아유, 빈 선생님! 어서 오십시오. 자주자주 나오셔야지. 얼굴 잃어버리겠습니다. 최 선생님은 안녕하시지요?"

"네, 건강들 하시지요? 사업도 잘 되시고."

"물론이죠. 빈 선생님 덕분에 요즈음 제가 영웅이 되고 있지 뭡니까? 마음 같아서는 사실을 사실대로 다 털어놓았으면 좋으련만."

"아닙니다. 저 같은 사람이 무얼 했다고 잘 부탁드릴 뿐이지요."

지금 빈 선생님과 반갑게 악수를 나누는 사람은 다름 아닌 우람의 아버지 이 사장님인 것이다.

가난한 동네 긴고랑에 작은 평수의 임대 영구 아파트를 세우기로 하였다가 영세민과 국가 유공자들에게 무료로 분양을 하겠다고 선언하여 돈 많은 기업체들에게 본보기를 보여 주고 세인들의 입에서 감탄사가 절로 나오게 했던 그 유명한 이 사장님이 아닌가 말이다. 그런데 그렇게 훌륭한 분이 지금 빈 선생님에게 고마워서 어찌할 바를 모르고 있지 않은가. 이제 그만 시골로 내려와서 가난한 사람들을 위하여 함께 일하며 최 선생님이 운영하는 시골 학교를 맡아 해 달라고 수없이 부탁하던 말을 외면만 하던 빈 선생님. 그 선생님이 긴고랑 아파트를 가난한 이들에게 무료로 제공하겠다고 나섰다면 그 누가 믿을 사람이 있을까. 가당치도 않다 할 것이다. 그 젊고 활기 넘치던 청년 시절을 머나먼 나라 월남 전쟁터에서 불사르고 흑사병을 얻어 고생을 할 때는 최경진 선생님이 알세라 몸을 감추고 소식을 끊어버렸던 빈 선생님. 그 누군들 선생님의 깊은 속마음을 다 헤아릴 수 있을까. 선생님은 시골로 내려가기 전에 부모님으로부터 물려받은 모든 유산과 그동안 근검절약하며 모은 돈을 모두 털어 내놓은 것이다. 마침 영구 임대 아파트를 짓겠다는 작은 건설 회사 이 사장님을 만나게 되어 그 작은 꿈을 이루게 된 것이다.

"서울에는 내가 아니더라도 학생들을 가르칠 선생님이 많지만 시골은 그렇지 못하거든요."

최경진 선생님의 말이 맞다고 생각한 그 때부터 빈 선생님은 성씨 그대로 빈 몸으로 이 곳 서울을 떠나야겠다는 결심이 섰던 것이다. 작년에 최 선생님의 갑작스런 어머니의 죽음으로 사표를 던지고 내려간 것에 비하면 빈 선생님은 어느 정도 마음의 여유를 갖고 자신의 주변을 돌아보고 있음에 만족할 수 있었다. 빈 선생님은 불어오는 산바람으로 땀을 씻어내며 다시 맑아진 상쾌한 기분을 놓치지 않으려고 재빠른 걸음걸이로 산을 내려왔다.

빈 선생님은 아까 산에 오르기 전에 가까스로 통화가 되어 만나기로 한 고봉의 부모님과 마주 앉았다.

"우리 아이한테 무슨 일이 생겼습니까?"

점잖게 보이는 고봉의 아버지 최 교수님이 음료수를 시키는 옆에서 이웃 대학교에 나가고 있다는 고봉의 어머니 성 교수님도 목소리를 낮추어 침착하게 물어왔다.

"일이 생겼다고 할 수야 없겠지만 심각하게 생각하시는 편이 아이를 위해서."

"아, 네, 고봉이랑 별거하고 있는 문제 말입니까? 그런 이야기야 국민학교 때도 누차 들어왔는데요. 난 또 무슨 일이 생겼나 해서 가슴이 철렁 내려앉았지 뭡니까? 그렇다면 전화로 말씀해 주셔도 되는 건데."

고봉이 부모님은 어쩔 수 없이 나오긴 했지만 자기들의 귀한 시간을 이렇게 낭비할 수 없다는 태도였다.

"제 좁은 소견으로는 부모님과 고봉이 한 울타리 안에서 살아야 한다고 생각합니다. 그 아인 지금 사춘기 몸살을 앓고 있어요. 오히려 포장마차를 하는 친구의 부모님을 부러워하고 있는 걸요. 엊그제는 연일 이틀이나 결석을 했습니다. 무단결석을."

빈 선생님은 더 자세한 이야기는 고봉에게서 직접 듣는 것이 좋을 것이라 말한 다음 찻집을 나왔다. 처음엔 예사롭게 받아넘기던 고봉이 부모님도 서로서로 눈을 마주치며 고개를 끄덕이기를 여러 차례, 아마도 무슨 대책이 있으리라 믿으며 헌책방이 있는 골목길로 꺾어 돌 때였다.

"선생님, 저예요. 장미진!"

"응, 그래, 또 신문을 돌리고 있구나. 그런데 고봉인?"

"네, 오늘은 저희 부모님들과 저녁 시간에 약속이 있어서 못나온다고 하던 걸요."

"그래도 되는 거야? 고봉이 신문을 안 돌리면 구독자들의 빗발 같은 전화를 어찌 하려고?"

"아직도 모르시고 계시는 군요. 실은 고봉이가 신문을 돌리는 게 아니고 제가 돌리는 거예요. 고봉이 옆집에 살기 때문에 절 도와주었을 뿐인 걸요. 그 녀석 생각이 깊고 믿음직스러워서 동네 어른들의 칭찬이 자자할 뿐더러 '긴고랑 노인정'에서는 아주 '학생 일꾼'이라고 이름을 바꿔 불러요."

미진이 중학교에서는 남의 험담만 하고 항상 부정적이던 아이였는데 몇 달 사이 이렇게 변해 있단 말인가. 빈 선생님은 믿기지 않아 `간이 급하지 않으면 떡볶이라도 먹고 돌리라며 굳이 싫다는 미진을 데리고 들어왔다. 일요일이라서인지 학생들이 많지 않아 다행이었다. 미진은 선생님과 단둘이 앉아있는 것이 쑥스러운지 자꾸만 주변을 돌아보며 불안해하는 것 같았다.

"어서 먹으렴. 그런데 너희 학교 수업이 몇 시에 시작되는 거야?"

미진은 금방 대답하지 않았다.

"어떻게 된 거야? 야간이라도 4시 30분까지는 가야되는 거 아니니?"

지난번에 미진이 훌쩍 던지고 간 말이 떠올라 빈 선생님은 다그치듯 되물었다.

"네, 저 학교 그만두었어요."

"아니, 어찌 하려고?"

"하지만 학원엔 꼬박꼬박 다니는 걸요. 제가 이렇게 학원비를 벌고 있지 않나요? 내년에 주간 학교로 다시 도전할 거예요."

"어떻게 그런 결심을 하게 되었지?"

"이제야 제가 철이 드나 봐요. 선생님, 저 작년에는 선생님 속 많이 썩혀드렸지요? 죄송합니다. 선생님. 이젠 저도 제가 갈 길을 찾아야겠다고 마음먹었으니 더이상 염려하지 마세요."

"왜 야간 상고가 싫어서?"

"꼭 그런 건 아니지만 공부 할 수 있는 분위기는 아니었어요. 더욱이 저는 작년에 워낙 말썽을 많이 부렸기 때문에 아이들도 저를 그런 아이로만 봐주고 또 저 자신도 새롭게 태어나고 싶어서 1년을 늦춘 거랍니다."

빈 선생님은 미진이 지금 거짓말을 하고 있다고는 생각하지 않았다. 입술을 꼭꼭 깨물어가면서 너무나도 진지하게 말을 하고 있는 미진에게 어떤 말로 격려를 하고 위로를 해 주어야 할지 오히려 빈 선생님 쪽이 더 불안해했다.

"잘했다. 한때 공부를 좀 게을리 했을지언정 넌 남보다 빨리 인생 공부를 해낸 거야. 그래, 아주 장하구나."

빈 선생님은 미진이 손을 꼭 잡아 쥐었다. 나래나 정숙의 손보다는 확실히 매끄럽지 못했다. 아마도 미진의 어머니가 다른 일로 바쁘기 때문에 집안일을 도맡아 할 것은 뻔한 일이 아닌가.

"참, 박여옥은 학교에 잘 다니지?"

성적은 충분하면서도 가정 형편상 야간 상고를 지망했던 여옥이가 갑자기 떠올랐다.

"네, 그 아이는 심지가 굳지 않나요? 저 같은 아인 열 명이 뭉쳐도 못 따라 갈 거예요. 자기 고모네 집에서 낮엔 신발 파는 일을 도와주고 저녁엔 또 열심히 학교에 다니지요. D야간 여상에서는 아마도 톱으로 졸업할 것이 분명해요. 그리고 또 소문을 듣자하니 어느 대학교에서 주최하는 백일장 대회에 나가 일등으로 뽑혔다네요."

"야, 고 녀석, 자기 소질 계발을 충분히 해내는 구나. 선생님이 축하한다는 말, 만나면 꼭 전하여라."

"네, 안녕히 가십시오. 선생님!"

미진이 밝게 웃으면서 멀어져 갔지만 빈 선생님은 너무나도 가슴이 아파서 한참 동안을 그 자리에 서서 미진의 뒷모습을 지켜보았다. 자신의 처지를 제대로 깨닫고 나름대로 꿈을 펼치기 위하여 노력하는 어린 학생들, 하나하나의 벗이 되어 주지 못하고 걸핏하면 야단이나 치고 훈계를 하려드는 어른들은 그들에게 너무도 많은 부담만 주고 있지 않은가. 빈 선생님은 더이상 죄를 짓지 말아야 할 텐데 하는 생각을 하며 고개를 들어 하늘을 올려다보았다.

도시의 밤하늘은 바라보는 이에게 어떠한 의미도 주지 못한 채 빛바랜 옷깃을 추스르고 있을 뿐, 빌딩 숲 사이 회색빛 어둠은 자꾸만 아래로 쏟아지는 것 같았다. 빈 선생님은 또 별을 헤이며 별들을 몰고 집으로 가던 어린 시절이 그리워 휘파람으로 '고향의 봄'을 노래했다. 현관문 여는 소리에 둥지 속에 들어가 잠을 청하려던 앵무새들이 고개를 내밀어 '꾸르륵' 반기고는 이내 들어가 버렸다. 자동 응답기에 불이 들어와 있었다. 빈 선생님은 누구일까 궁금히 여기며 버튼을 눌렀다.

"네, 저 종성이 아버집니다. 아무래도 우리 종성이를 특수 학급이 있는 학교로 전학을 시켜야 될 것 같아서 말씀드리고자 전화했습니다. 제가 오늘 교육청에 가서 알아보았더니 본인이 희망하면 갈 수 있다 안 합니까. 죄송합니다."

이어서 최경진 선생님의 목소리가 새어나왔다.

"편지 잘 받아 봤습니다. 모든 걸 정리하고 시골로 내려올 결심을 하셨다니 반갑기도 하고 한편 미안하기 짝이 없습니다. 하지만 후회하진 않을 것이라 믿으며 오는 주말엔 제가 올라갈 테니 내려오지 마세요. 사랑해요, 여보!"

빈 선생님은 맨 끝에 아주 작은 목소리로 덧붙여진 인사말을 확인하기 위해 테이프를 뒤로 감았다. 이제껏 최 선생님에게서 직접적으로는 한 번도 들어보지 못했던 '사랑해요, 여보!' 라는 말이 갑자기 빈 선생님을 설레게 했고 기왕 마음먹은 김에 당장 달려가고픈 생각까지 들게 했다.

빈 선생님은 우선 종성이네 집 전화번호를 찾아 다이얼을 돌렸다.

"네? 누구라고요? 우리 종성이가 어째요? 지금 잠자고 있는데요?"

종성이 할머니는 귀가 잘 안 들리는지 이쪽 말에는 귀 기울이지 않고 계속 딴소리만 하였다.

"네, 알았습니다. 종성이 선생님인데요. 제가 내일 직접 포장마차로 가겠습니다."

어쩌면 잘된 일인지도 모를 일이었다. 종성이 점점 의욕을 잃고 학교에 나오길 싫어한다 하니 여러 가지 요인을 일일이 해결해 줄 수는 없지 않은가. 지능 검사 결과도 그러하고 친구들이 괴롭힌다 하지만 오히려 종성이 쪽에서 신경질을 내고 다른 아이들한테 떼를 쓴다는 것이다.

'안됐지만 종성이를 위해서도 같은 또래의 집단에서 생활하는 게 훨씬 나을 거야. 친구들이 아무리 감싸주고 도와주려 해도 받아들이지 않으면 아무 소용도 없지.'

가엾은 아이, 어쩌다가 장애자로 태어나 적응을 하지 못하고 되돌아가야만 하는가. 종성이 아버지의 입장을 생각하니 더욱 가슴이 아파왔다.

"선생님, 고맙습니다. 우리도 이젠 엄마 아빠랑 모두 한 집에 살기로 결정을 봤어요. 이건 모두 선생님께서 도와주셨기 때문에."

여느 때보다 일찍 학교에 나온 고봉이가 어린애처럼 그러면서도 깍듯이 인사를 차리며 빈 선생님 가까이로 다가왔다.

"그랬니? 정말 잘된 일이로구나. 대신 부모님 말씀 잘 듣고 또 할머님께도 잘 해드려야지"

"그야 물론이지요. 전 날아갈 것처럼 기쁜걸요. 우리 부모님이 그렇게 쉽게 허락을 하실 줄은 꿈에도 몰랐다니까요."

"축하한다. 자리로 가 앉아라."

"네, 선생님!"

며칠 전까지 우울하기만 했던 고봉이 저토록 좋아하다니 얼마나 다행한 일인지 모른다. 그런데 오늘 아침 빈 선생님은 종성이를 아이들 앞에 세워놓고 무어라 말해야할지 여간 괴로운 일이 아니었다.

"자, 종성아. 앞으로 나오렴. 이제 아버지를 따라 다른 학교로 전학을 가야만 한단다."

아까부터 서류 봉투를 들고 서성대는 종성의 아버지의 그림자가 우유빛 유리창으로 비치었다, 사라졌다, 다시 비치곤 하였다. 종성은 아무 것도 모르는 철부지처럼 해해 웃으며 앞으로 나왔다.

"여러분, 우리들의 친구 종성이가 여러 가지 사정이 있어서 저 아랫동네에 있는 K중학교로 전학을 가게 됐습니다. 우리 종성이 그곳에 가서도 몸 건강히 잘 지내라고 박수로 환송합시다."

"종성아, 친구들에게 인사를 하고 떠나야겠지."

그러자 종성은 다른 아이들에게는 인사도 안 하고 맨 뒤에 있는 고봉에게로 걸어갔다. 고봉이가 일어섰다. 종성이가 고봉이의 손을 꼭 붙들고 선생님 쪽을 바라보며 히죽 웃었다.

한때 고봉이가 자기를 괴롭힌다고 집에 가서 말한 건 사실이 아니었음을 빈 선생님도 잘 알고 있었다. 고봉이가 신문 배달을 하는 동안 자신이 믿었던 보디가드를 잃어버린 허전함 때문이라는 걸. 고봉이 두 눈에서 갑자기 커다란 눈물방울이 뚝뚝 떨어졌다.

"그래, 악수를 하렴. 그리고 밖에서 아버지가 기다리시니까."

빈 선생님도 눈시울을 적시며 목멘 소리로 말했다. 종성이가 앞문을 열고 나가며 아이들에게 손을 흔들었다. 모두가 침통해진 빛으로 종성을 향하여 손을 흔들어 주었다. 하지만 반 아이들 모두는 지금 자기들의 담임 빈 선생님의 양복 안주머니에 사직서가 들어 있다는 것일랑 까맣게 모르는 일이었다. 꿈이 영그는 교정 작은 뜨락에서는 하얀 목련화가 피고 지고 또 피고, 해마다 그러했듯이 조금씩 조금씩 키를 늘여가고 있었다.

최균희 청소년 장편소설

꿈이 영그는 교정(제3권)
- 풍선속의 종이학

인쇄 2025년 4월 15일
발행 2025년 4월 25일

지은이 최 균 희
발행인 서 정 환
펴낸곳 신아출판사
주소 서울시 종로구 삼일대로 32길 36, 운현신화타워 305호
전화 (02) 3675-3885, 010-3231-4002
팩스 (063) 274-3131
이메일 sina321@hanmail.net
출판등록 제465-1984-000004호
인쇄·제본 신아문예사

저작권자 ⓒ 2025, 최균희
이 책의 저작권은 저자에게 있습니다. 서면에 의한 저자의 허락없이 내용의 일부를 인용하거나 발췌하는 것을 금합니다.
COPYRIGHT ⓒ 2025, by Choe Keunhee
All rights reserved including the rights of reproduction in whole or in part in any form.
저자와 협의, 인지는 생략합니다.
잘못된 책은 바꿔 드립니다.

ISBN 979-11-94595-53-3 04810
       979-11-94595-48-9 (세트)

값 15,000원

Printed in KOREA